新編 池田瑛子詩集

Ikeda Eiko

新・日本現代詩文庫 172

土曜美術社出版販売

新・日本現代詩文庫　172　新編池田瑛子詩集　目次

詩篇

詩集『母の家』（二〇〇一年）抄

詩集『星表の地図』（二〇二〇年）抄

未刊詩篇

エッセイ

解説

詩篇

詩集『風の祈り』（一九六三年）抄

黄昏

黄昏は
神の睫毛（まつげ）

噴きあがる血を背に
ヒマラヤ杉はするどく孤独に耐え
山脈の雪は
あなたのまなざしにふれて照り映える
翳りは余韻のように
つたわって

ああ
美しい罠のような
落日

四月

レースの空が揺れて
田園は
春のオクターブ

菫の気流と
小径に忘れられた古い帽子

蜃気楼の森から感傷が翔（と）び立ち
海峡は
きらめく粒子をあつめて
アルプスの雪は

うそのように痛い

旅の日の
あの巨(おお)きな楡(エルム)は　いま
ぱちぱち青い芽をはじいているだろう

上越線にて

ひとり旅のこころを
手のひらにすかしていると

なだれるように
汽車は夕陽の中に落ちこんでいった
びっしりと
見知らぬひとびとの
見知らぬ想いを積んで

地球の裏側にひきこまれたように
とほうもない静寂に
はげしく咳きこみながら

かつて
　こんなにも華麗な落日に
　邂(あ)ったことがあろうか……

山脈(やまなみ)の残雪は
病むひとの静脈のようで
ひかる渓流を
裂いて
黒い鳥が翔(と)び立っていった

螢

微熱ぐらふのような日を記して
睡(ねむ)れない街を逃れると
ふかい夏草が熱かった
かすかな渓流のひびきに
ふりむく視界を
青白く掠めるものがあった

あ　螢

夜の野に
美しい最弱音(ぴあにしも)……
あれはなにを瞬いていくのであろう
すずしい匂いを灯(つ)けて

さむい記憶の森で
はぐれてしまったゆめやねがいを
捜しにでもいくかのように

ああ　なぜふりむいてしまったろう

秋の瞳

きのうの
積乱雲の子供たちはどこへいってしまったのだろう

ざくろの実の熟れる翳のあたり
ひっそりたたずんでいるのは
秋の瞳
うつくしい嘘の季節は終わった

遠い旅から帰ったひとのように
時間のない風景の外に立てば
悔恨と焦慮ばかりが重い

やがて
コスモスはさみしい花弁をひらくであろう
惨憺たるロマンのために
蒼ざめる祈りのために
そうして
秋は
すきとおる木犀の風を
あなたの強靱な肩にも連れてくるのだ

菫の錯誤を……

菫の錯誤を
ちいさく　脱いで
夕翳（ゆうかげ）は海の胸に

ふかく黙って
孤独は
星の坂を落ちてくる
さざ波の羽音をたてて

あまりに多くをみてしまったから
なにも視えない

すでに
ナルシスの岸は白く

夜のまなざしのかげで
貝になる

ひそかに
あなたの庭をうずめ
どたりと重い腐葉土となろう

落葉

落葉は　愛の姿
風の糸に支えられ
睡(ねむ)りを灼(や)き
自らを
さみしい猟人のように
追いつめて
燃えひろがる純粋な狂気
疼く沈黙を抱いて
めくるめく思惟は落ちる

詩集『砂の花』（一九七一年）抄

泰山木

また
泰山木の花が咲いたという

激しく噴きこぼれる芳香（かおり）をつつみきれずに
落下する白い形姿（かたち）
夜はいっそう冴えて
遠い潮騒が胸にせきあげてきた
はじめての夏よ

さむい記憶にみちて
静寂のなかに残された
あのふるさとの庭に
華麗な惑いのように
紫陽花も揺れているだろうか

深まる青い距離に
青春のせつない豊かな形象をさぐるとき
ひかる旋律を映して
風鈴は
星の野にひびいてゆく

鈴

陽炎（かげろう）のような
花粉に濡れて
こわれてゆく
うつくしい抒情

息をつめて
淡くはげしい色彩の流れに
身を投げると
あらあらしく
胸の奥に踏みこんできたあなた

そのときはじめて
わたしはきいた

霧の距離にねむっていた鈴が
ちいさく鳴るのを……

青い飛翔

秋はどろぼうのように
わたしを襲った

寂寥は燃え
祈りが谷間をうずめる果てしない落葉となっても

鳥はじっと腐ってゆくたまごを抱いていたが
ざくろの実の割れる夜
描きえなかった歌は
炎の影を残して
飛び去った

星空に一瞬
青い飛翔がよぎり
歌は　終わった

まだ展（ひら）かれない画集
まだ聞かれない旋律
まだ語られない物語

期待にみちた日々はただこの青い飛翔のためにあ
　ったのであろうか

とうめいな夕焼けに
雲が美しい翅を休めるとき
わたしは感じるおまえの呼吸（いきづき）を
まえよりも　もっと烈しく

十月

けはいに　ふりむくと
木犀の風であった

消えていったひとひらの蝶
まぼろしを見てはいけない
くらい鏡のなかに

くずれる蒼白な憶（おも）い

果実らはいま豊かな秘密に満ちて
天の啓示を待つのであろうか

炎（も）える夏の日の残り火のように
砂地に倒れるカンナの花

華麗な傷痕の上に
レモンいろのひかりをしたたらせて
予感はすばやく空を渡る

春の雪

舞いこんだ
予期せぬ手紙

陽当たりのいい風景を裂いて
流れこむ
白くかたい気流

鞭が鳴り
焦慮の花びらが
空洞を埋める

夜
鏡のなかも
雪であった

詩集『遠い夏』（一九七七年）抄

鳥

思念の空にうつる鳥

あれはなぜかいつも鳥のかたちをして
ちいさく
けれどけっして消えることはなく
疼（うず）くしみのように
思念の空を翔（と）ぶ

すでに　燃える山は
はるかに落下して
肋骨を洗いつづけた海溝さえ
視野から消えようとしている

なにものも
振りはらうようにして
あれは翔ぶ
こわれたヴァイオリンを
つめたい銃のようにひそませ

ざくろ

どんなことがあっても
黙っていた
のみこまれた言葉は
かなしみの核を抱いて
虚(うつ)ろを埋(うず)めていった
おもいあまって
ついに　自ら砕けたときも
整然と構築された
言葉のなきがらは
血のいろにかがやいて
無言のまま
すき透っていた

夏

海に
むなしい叫びがあがる
街じゅうから
影はぬすまれて
幻影のみちもとだえた

ふいに　ダリアが傾き
どの夏にも翔び立てなかった紙の蝶が
ちぎれてゆく

銀杏

むこう側を賑やかな行列が通り
やさしい部屋はどこも乱されないのに
くらい絃にもたれて
始まる冴えた時間

ガラスの空から銀杏の葉が降る
聞こえない美しい旋律のように
ひかりながら
思念の谿へ移ってゆく
行けなかった赤とんぼの谷
聞けなかった青い楽器

わたしはいつも
逃げる鳥であった
いちばん欲しいものから
蒼ざめて翔び去る鳥であった

ひろがる夕焼けに
ひかりながら銀杏の葉が降る
まぼろしの風にひびきながら

秋の椅子

松虫草の群れるなかに
秋の椅子はあった
つめたいひかりを

待って

石仏の微かなほほえみを
うすく　なみだがながれ
山ぶどうの実に
くらい血のしたたり落ちる音がしていた

赤とんぼは
谷間をうずめはじめていたが
鳥は
帰れただろうか

あかるいカフェテラスで
やさしい声に頷きながら
わたしは
だれも知らない旅を
見つめていた

木

わたしは　おそれた
まぶしいひかりに
かなしみと呪いにもえる樹液が
透けて見えるのではないかと

奪われていった仲間たちの
無数の悲鳴が聞こえてくる谷間で
めざめたまま
眠らねばならないわたし

遠く　森をよこぎる
小さなけものの音さえひびく
菫いろのこの夜明け
雪よ

わたしの胸に降り積もれ
やさしいしぐさで
むごい間違いをくりかえす人々が
ためらいもなく
朝の窓をひきあけないうちに

海の夜明け

朝やけが
魚たちのくらい眠りを
ほどくと

波のハープは
ふと　呼吸（いき）をとめて
海はいちまいの鏡に
みどりいろの髪をゆらす

傷つけあうためにだけ
夜が明けるのではないから

鳥よ　飛べ
みえないやさしい抱擁にむかって

遠い夏

遠い夏の抽斗をあけたら
こぼれてきた
炎える海

見つめるものはみな
音をたてて鳴り出し
夜は果しなく目覚めていた

あれから
甘い錯誤を貪りあって
意味もなく
練り歯磨きのように
押し出してしまった日々

サラダが冷え
あざみの繁みに
風が　かくれて
気がつくと
ついてこなくなっていた影

なにかが
とほうもなく崩れ
鳥の棲まなくなった空へと
海が　かすむ

風の盆

思いつめた衿あしのように白い足袋
編笠を被っているあれは
ひょっとして
人ではないのかもしれない

遥かな血脈をくぐり
呪縛と寂寥に耐えて
いのちよりも永く
紡がれてきた
うつくしい魂の化身ではないか

雲がほそく秋の構図を描く
山の胸ふかく
沁みとおるうたは

せせらぎ　流れ
妖しく風と響き合うので
人も木も
息を呑むのだ

詩集『嘆きの橋』（一九八六年）抄

橋

炎える落日にむかって
橋を渡ってゆくと
見知らぬ領土の夜明けへと
続いてゆくような気がする

ひかる水面に映る
渡れなかった橋
見えない橋
記憶に架かる橋

数えきれない魂がゆきかい
夥しい年月に耐え

苦しい重量を赦して
なお無言の橋よ
愛するわたしたち
ただひとりのためにさえ
あたたかい胸
やさしい背にもなれず
渦巻く流れに洗われながら
せつなく腕を伸ばす
互いに橋の届かない
岸辺を視るために

丘

赦しのかたちだろうか
見上げるだけで安らぐときがある
茨を踏みながら
かなしみを脱いでいるときもある
削られ
えぐられ
少しずつかたちを変えられても
なされるまま
深い大地のぬくもりを湛えて
ゆるやかにいきづく

密かなけものの棲み家をかくし
ざわめく木々をねむらすと
月明はまぶしい朝へ径をあける

ひとは誰かの丘になれるだろうか
ただ在るだけでさえ
気づかずに
誰かの棘であるかもしれぬのに
霧の闇に

丘をまさぐり

凍る夜

カーブを曲がると
道は奪われていた

左の斜面に見えるはずの墓地も
深く雪に沈んで
誰の墓石もみえない

わずかに
雪にかしいだ高い樹の尖(さき)だけが
不敵な影を支えている

哀しみと
業罰から解かれた魂の群れが
密かに
オリオンと交信するのか
凍る雪原に
青い燐光は謎のイニシャルを
燃えあがらせた

丘陵を
きこえない慟哭が走り抜け
月は神秘な斧を振り下ろしていた

魔の網

秋から冬にかけて
夕ぐれ　山に向かって車を走らすと
辺り一帯を暗くするほどの鳥の群れに出会う

数百あるいは数千羽の鳥は
変電所近くの無数の電線を
びっしりと単調な音符でなぞり
いっせいに翔び立って
みごとな三角凧になり
水平に風を切る
すばやく　果てしない直線を引き
美しく整列すると
空を縛る喪章となって
翻る

四角形から
平行四辺形へ
流れ
丘陵の木々を
なぎはらうように
大きくゆれ

寂寞の重量を孕んでたわむ
霙の降りそうな夕ぐれ
山峡の道を走ると
行く手にひろがる鳥の網に
車ごと捉えられるようだ
誰が投げ打つ魔の網か
人をかたちに残して
魂をひき攫い

土笛

秋田県高石野遺跡で
縄文晩期のアシカ形土笛が
発掘されたという
音は　三千年を超えて

冴え冴えと響き
縄文の音色と名付けられた

鳥取の遺跡で出土した
イネ科植物の種子は
千五百年の眠りから醒めて
見事に発芽したという

その神秘が　するどく
身を貫いてゆく瞬間にも
戦火はやまず
殺戮はくりかえされる
ヒトとは何？

月見草が大きくみひらく
夜の道を
夏は帰っていったが

どこへもかえれない心は
糸萩の吹かれる
暗い視野に
縄文の音色をさぐっている

日没

誰が秋の額を割ったのだろう
ちいさな街は
朱に染まって
声を失った

凌霄花（のうぜんかずら）がくるしい炎のようにとり巻く
あの家の木立から
きのう蟬はまだいのちを伝えていた

大気の透明な落差に投げこまれて
濡れてゆく
記憶の中の風景

言葉にしなければならなかったのは
何であったか
テレビが映し出す遥かな海峡
海底に散らばる夥しい兵士の遺骨
祖国に帰れないうつろな眼窩
いまも冷たい海をさまよっているのに
許されていいだろうか
美しい音楽　豊かな果物

誓いはいつも砕かれ
地球は　ひえびえ
恐怖と怒りが実っている

祈り

いくど　それは燃えあがるだろう
あたらしい生命を
みごもったその日から
女は祈りの火種を抱くのかもしれない

たえず燃えている祈りの炎
強靱で
滑稽で
ときに寂寥の風にあおられて
睡(ねむ)りを灼きつくす
子らにはけっしてみえない孤独な炎

遠い太古の森から
母性の河を

傷つきながら　流れてきた
輪廻の炎

けれど　春よ
ある日　ふと吹かれてゆく
たんぽぽの綿毛のように
子らの胸にとまることもあろうか

霰

ひややかな歳月の樹海に
沈められていた想いが
ふいに嗚咽となってあふれるとき
哀しみは
哀しみをこえて
涙を凍らせるだろう

喪われた言葉が
むすうの小さな拳（こぶし）となって
みえない胸を叩く
憔悴のつぶてでその庭を埋めるまで

かえらない日々へ
幻想の弦をかき鳴らす
さみしい楽器

あの深いとどろき
あれは
やさしさを忘れた魂への
天の怒りのまばたきであろうか

サーカス

みえない声が
静かに背を押して
おそるおそる渡りはじめた一本の綱
ふらつく足を踏みしめ
ただ前へ進むことしか思わなかった
振向くことはおろか
息を荒だてるのさえ怖かった

たかく　高く
空中ブランコは揺れ
眩しく宙を切っていた
逆さの待つ手

ピエロが唄うと
波立つ海は胸にまで溢れてきたりした
ざわめきはいつも遠く
月日は乾いて
砂のように吹かれていった

あやうく滑り落ちそうになると
鳩が現れ
次々と白い鳩が羽ばたき
たちまち暗い空間は
白い鳩でいっぱいになる
と思うまに
一羽もいなくなる

手品師（マジシャン）に操られる七色のリボン
華やかに弧を描き
さみしい心から
うつろな心へ虹をかける

次の瞬間
虹の色はばらばらとはずれてゆく

話さない優しい動物たち
火の輪をくぐるライオン
球乗りを器用にしてみせる象
彼らの眠りに
サバンナの熱い陽は照っているだろうか

霧のなかにゆらめいている綱
足どりは前よりも確かだが
いま　わたしは夢みる
烈しい叫びと
くるめく　落下

知らない果実

誰もいない夕陽をあつめて
芒の穂が吹かれている

わけもなく
空がにじみ
風景は剝がれて
渡れなかった橋がみえる

友が逝き
父が逝って
遥かな水底へ下りてゆく錘りのような
知らない果実が
日々　わたしのなかで
熟れてゆく

桜

あんまりお天気がいいから
社会科の時間が花見になったんだ

春には強すぎる陽の匂いを連れ帰ってきて
一気に水を飲み干すと
きれいだったなあ
おかあさんも行ってくるといいよ
はにかんで振りむいた今朝とはまるでちがう
乾いた声でいう
いつのまにか同じ高さになった肩が
急にかたくこわばって
手をかけそびれてしまった

小半日　呉羽山を歩いた子供達の上に
桜の木々は何を吹雪いたのだろう

遠く窓の外をみている息子の瞳を覗くと
はじめて花見に連れていった日の幼い姿が映る
大きな桜の木の下で
得意のうさぎ跳びをしながら
何度もころんだちいさなお前

夜　花冷えは夢にも深く
音もなくどよめく桜に埋まった

新生

光の扉をあけて
なだれる夜明けのように
そのとき

あなたをはじめて襲ったものは
何であったろう
さわやかな挨拶
見知らぬどよめき

生きるとは生まれる瞬間から
何かをうち砕いてゆくことかもしれない
まだあたたかい羊水に濡れていながら
美しい決意が
耳をすます

愛と苦しみが重く燃えている地球でも
草の葉に　海の底の貝に
さりげなく
神の配慮は置かれてあって
ちいさな生命（いのち）にも
信じられない力がひそむ

風よ
熱い願いが羽搏くために
まぶしい弦を鳴らせ

すずらん

見えても
見えないふりをしてほしい
かくそうとすればするほど
泪はこぼれてくるのですから

淋しさから
虚しさへ　弦（いと）をかけて
したたり落ちる

ふり仰げないまぶしい陽ざしより
暗い音楽の路に
忘れてあればいい

泪の鈴は
みんなねむってしまった夜の底で
海の耳へ
そっと振る

彼岸花

なぜか不思議に
彼岸のその時期にしか咲かぬから
彼岸花というのか
年毎に人は忘れても

汗ばむ明るい墓地に
まちがいなく届く
まぼろしのしらせ

いまもなお　夢を捜している
たましいたちの空に
音もなくひらく花火

母に

さびしさに眼をとじるとき
むなしさへ眼をみひらくとき
どこかで
かすかに流れの音
年毎にしだいにたかまって
いま　はっきりと知る

それがあなたへと流れるみえない川だと
すべての感情を超えて
ひたすらあなたへと向かう純粋な流れだと

健康を感謝しているのといいながら
おむかえがきたら
大好きな白百合で飾って
お化粧もしてほしいと
八十を過ぎた母の頼み

あなたの耐えてきたものの重みを
話さないたくさんの痛みを
ようやく解りかけたわたしだから
会うたびにちいさくなる母よ
約束はもっともっと待ってほしい

秋の手紙

歓びはもちろん
悲しみでさえ
分かちあえるのに
人は　なぜか
淋しさを分けあえない

ヌルデが燃え
るり色に空が裂ける
どこかで砂の崩れる音
のみこまれる言葉
雑踏の中のあなたを
振りかえらせる風
人は　ふと
淋しさを秋のせいにしたりするのだが

みつめるだけで
落葉が降りしきり
通るだけで
人々の淋しさに触れてしまう
わたしの寂寥はいっそう深いと
秋が　うちあける

花の闇

どよめきが去って
花の闇が
波のようによせてくる
やっと届いた手紙から
こぼれてくるキャンパスの風

気付かなかったあたらしい横顔
見慣れた辛夷の花さえ
鳴りやまない拍手のように咲き
夕暮　たくさんの祈りのかたちになる

他愛なく女は何にでも化身して
夫の影
子等の影をさまよい
ふりむくと自分はどこにもいない
やわらかい葉脈に四月はほとばしり
もりあがるまぶしい入江

書けない詩は
遥かに　かすんで

秋の簞笥

木犀の風が
あわただしく
秋の簞笥をあけてゆくので
緋のヌルデ
かえでのしぼり
葡萄の鈴は鳴らされ
揺れる吾亦紅のうなじ
銀杏の葉は黄金色にさざめき
うねるすすきの波
山から海辺まで
とり出された着物は
華やかに乱れて
あまい蜜の川を泳ぐように
赤とんぼが列をなしてゆく

暗い季節の沼へ
ぐらりと傾く前の
息をのむようなひとときのめまい

女の心の奥にも
ゆたんのかかった簞笥は置かれてあって
ひっそりとたたまれて
しまわれてゆくものがふえてゆく

新年の食卓

雪がふる
きのうとはまるきり別の空からのように
聞こえない音の花びらをきらめかせ
どの窓にも　雪がふる

祖母から母へ受け継がれてきた伊万里の器に
堂々たる母のお煮しめ
ようやくわが家の味の私のおせち
ワルツでも踊り出しそうな娘のババロア
ぎこちなくさし出される
息子の大きな手に息をのんで
お屠蘇をつげば
凛とした空気の中で
ひとつの祈りのように心がよりそう

吹かれても　ざわめいても
まちがいなく同じ土壌に根ざす一本の木
ときおりだれかを見失わせて
私を哀しませるいたずらな天使も
今日ばかりはお休みらしい
家族への出さない年賀状には
ひと言　ありがとう　と

坂

闇につつまれると
なお鮮やかに　みえてくる
眠れないこころを
引きよせて
あれはいつもふり仰ぐかたちで
ざらざらした日常を裂いて
立ちあらわれる

のぼれば炎える歌は聞こえただろうか
わたしを呼び
烈しく拒む
せつない傾斜

歳月の風道に
黙って待っているしずかな肩

触れるものがみな崩れてゆくとき
夜を渡ってゆく鳥の叫びのように
わたしをふりかえらせる

思惟の樹立をゆるがせて
生きもののように寝返るまぶしい勾配
たえまなく
いっさんに視野を埋めつくしてゆく雪よ
ついにのぼらぬ坂の清々しい封印となれ

詩集『母の家』（二〇〇一年）抄

母の家　I

雪の降る夜は　なお切なく
呼んでいる
雪野の彼方
螢のように瞬いて

誰もいない家に
海鳴りを聴いて
死んだ母は待っている

今夜は珊瑚樹の茂みにひそむ尾長？
雪の上に　音もなく
あかい花びらを脱ぐ山茶花？

それとも飾り戸棚の古いお手玉
あれはいつだったか
端切れで縫ってくれたお手玉を
ふと　いたずらっぽく唄いながらしてみせたとき
の
思いもよらぬ鮮やかさ
忘れ難い記憶がよみがえる

何ものかの掌によってしか
いきいきとうつくしい円弧を翔べない
愛のかたちを
知らずに教えていたのだろうか

遠い日
母に渦巻き飛沫(しぶ)いていた悲しみが
わたしの胸に打ちよせる

母の家　II

「状箱」とは　何?
どなたからどなたへ　どんな書状が入れられたの
か
古い生家を建て直したら出てきた
火鉢　鉄瓶　炭籠　茶釜
高脚膳　卓袱台　煙草盆　水指し　屏風……
懐かしい道具たちのなかに
遠い昔　孫娘の嫁入りにと母の祖父が持たせたも
のだろうか
「状箱」と書かれた黒い木箱に納められて
沈金の梅の花　松の葉も艶やかな
輪島塗りのまるで細身の玉手箱
房のついた海松(みる)色の紐をほどくと
巻紙の手紙はなくて

ぽつんと　パラゾールの空袋がひとつ
たぶん母が四隅を切って入れたのであろう
慎ましく　寄り添ってくれているようで
そのままパラフィンの空袋を仕舞った

母の死後十年も空き家のままだった生家
夏ごとに身の丈ほどの草に埋まった庭
蔦に襲われた部屋も昔に甦り
息づく松　泰山木　百日紅　金木犀……
母の渚に帰るように
週末　通ってゆくと
ざわざわと想い出が話しはじめる
きょうは　立春
咲き初めた梅の老樹につもった雪もとけて
花も　雫も　きらきらとまぶしい
つくばいのあたり　ひとの気配もして
妣（はは）の声がする

さぁ　入られませちゃ
　どうぞ　どうぞ
　　ようこそ　ようこそ

寄り回り波*

思い出す　遠い夜の海鳴り
ガラス戸をふるわせた鈍い響き
ゆめのなかのははがいう
〈寄り回り波や　もうじき雪ね〉
なぎはらうように　波はよせ
打ちすえるように　波がかえってゆく
危うい文明を駆け急ぐ人々に
古代のうねりを伝えて飛沫（しぶ）くのか

堪えきれないものを解き放って
噴きあがる海の炎を
視ているあれは誰だろう
ちいさな海鳥(とり)のかたちして

＊　富山湾で古くから知られるうねりによる高波。

母の手鏡

海の夕日を
カナカナが　ふるわせている
そばにいるのは妣(はは)だろうか

あやまって割ってしまった母の形見
鎌倉彫の手鏡は　壊れたまま
箪笥に仕舞われている

萩　桔梗(ききょう)　なでしこの揺れる帯やきもの
きめこまかくひとりの暮らしを
鮮やかに書き遺した日記と一緒に

ときには思い出しているだろうか
朝ごとの慎ましい母の身支度
はからずも映してしまった
哀しみや憤りを

夢のなかに　母が置いていった水甕(みずがめ)
なにげない言葉が
ひとしずく　ひとしずく
やさしい音をひびかせて　落ちる

お琴さん

いつから　家族だったのだろう
夕映えが家の奥まであかくしていた
誰もいないはずの日曜の夕暮れ
座敷の前を通ると
背の高いあのひとが
壁にもたれてながめていたのだ
窓の外　遥かに
雪に覆われた北アルプスが
夕日に染められてゆくのを

たてかけたまま
弾くこともなくなって十数年
見つめるだけだった琴
健気にけんめいだった日々

わたしは何に追われていたのだろうか
ながいあいだ　あのひとは
ひとりで奏でていたのかもしれない
聴こえない音色で
　春の海　さくら変奏曲
　　瀬音　せきれい　秋の調べ……

たぶん　わたしも
気づかずに聴いていたのだろう
さびしい傷口に置かれた掌のように感じながら
驚いたあの日から
廊下を通るたび
お琴さんは頷いたり
あわてて目をそらしたり

住む人もなくなって久しい
崩れかけた実家を建て直そうと
片づけに行ったら　古いアルバムに

幼いわたしはあのひとと一緒だった
昭和二十四、五年だろうか
小学校でのお琴の発表会
懐かしいたくさんのともだち
お琴の先生だったお寺の奥さん
ヴァイオリンの住職さん
尺八は楽器店のご主人
衣紋をきりっと抜いて
厳しかったお三味線のお師匠さん

五十年も昔から
わたしのくらしを視ていてくれたことに
いまになって気づく
お琴さんが桐の木だった頃
どんな山辺に立っていたのか
春ごとに咲かせた紫の花
草や木　鳥や風　せせらぎ
見ていた風景は？
話してくれませんか
きっと　まだすこやかだったこの地球(ほし)のことを

大欅の樹に

ふいにほどけてゆく謎を
知らずに抱いていたのだろうか

大欅のある彦助の浜[*1]へ行った
樹齢千年を越える諏訪神社の大欅[*2]を久しぶりにふ
　り仰ぐ
梢の方で雉鳩が鳴いている
高さ三十メートル　幹まわり十メートル
二匹の揚羽がもつれ舞う巨幹に掌をあてると

温かい樹液の脈搏がつたわるようだ
枝分かれして横に広がり樹冠は五十五メートルに
　及ぶ
何千　何万の萌える緑の若葉が
五月の風にさざめき　波打っている

浜大根の花の乱れる草叢を抜けると
まるく両腕をのばしたような富山湾のここはほぼ
　中央
右手の松林の背後に残雪の立山連峰がそびえ
左手に遠く能登半島がかすむ
水平線をゆく船が一、二……六つ（かなり速いぞ）
ぼんやり海を視ている人　釣りをしている人
こどもの頃遠かった渚はすぐ眼下に
振り向くと
大欅の上を　太古の空を泳ぐように
鳶がゆるやかに旋回している

　あ、あの樹が呼びよせていたのだ
海辺に住みながら
海に逢いたいとき
なぜか　いつもこの浜まで車を走らせてきた
あの大欅の下に佇ちたかったことに
何十年も経って気づく
（きのどくやれど　たのむちゃ）[*3]
晩年の母にせがまれて連れてきたことも……
母が亡くなる二日前　眠りながら嬉しい顔で
「おかあさーん」と叫んだとき
あの樹の下を駆けている幼い母が閃いたふしぎ
亡母（はは）の実家はあの樹から道をはさんで三軒目
茶色く傾いでいる
大欅はわたしが生まれる前から
わたしのなかに溶けていたのにちがいない
祖母のなかに　母のなかに　わたしのなかに
あるいはもっと遡ったいのちから

その影像を映していたのだろう
幾代にもわたって数知れない人々のこころに
潜(ひそ)かに灯りのようにともって
沖から岸辺をみつめる者にも
岸辺から海をみつめる者にも
みえない何かを降りそそいでいる

＊1　現在は八重津浜という。
＊2　西岩瀬諏訪神社の大欅、県の天然記念物。
＊3　（すまないけど　たのみます）。

誕生
――孫、英瑠に

いそぐ　ハンドルを固く握り
夜更けの野の道
はずし忘れた天空の耳飾りか
触れれば鳴るような
ほそい下弦の月

　動物と同じように赤ん坊はたいてい夜なかに
　　生まれるそうよ

いのちが生まれようとするとき
ひとも野生に還るのだろうか
立山に雪がふぶき
富山湾に冬の蜃気楼を湧き立たせて
あらしが過ぎたあとの
静まりかえる冷気を分けて走る

ようこそ
この世に到着してまだ一時間
ガラス越しに挨拶すれば
もう　手をしゃぶろうとしている

くりかえし歌いかけよう
遠い記憶の底を流れる素朴なうたを
くりかえし語りかけよう
この秋　桜町遺跡から出土した縄文遺物のことも
とちの実　まな板　ハンマー
紅葉　こごみ　朱塗りの木製鉢
渡腮仕口(わたりあご)の柱や　水さらし場まで
ついさっきまでひとびとがいたような
四千年前の縄文の豊かなくらしぶり
　ほんのいっとき　わたしたちは文明の罠にと
　らわれているのかも……
縄文の母はどんな子守唄をうたったろう

くりかえし抱きしめよう
すべてを受けとめるように
まっすぐみつめ返す小さな瞳
ほほえみを連れてきた
たしかな重みを

階段

いい勾配ですな
手摺りの丸み　ぬくい感触も
じつにいい
新築したわが家を見にきて
背戸の与三吉じいさんは
ことのほか階段が気に入ったようだった
二十七年も前のこと

さまざまなこころで
駆けあがり　駆けおりて
過ぎ去った日々

闇に　消えて
のぼれなかったこともいくどか
踏みはずしそうになって
思い出す　俳句のうまかった与三吉じいさん
とっくの昔に亡くなったのに
冬の陽ざしが映す
裸木の影の句があったことまで

たなばた

今夜は七夕
リビングのテレビに鮮明に映し出される
火星の褐色の大地
日常の座標が蒼く墜(お)ちてゆく
地球を飛び発って二十年という

無人探査機ボイジャーは
いまも昏い宇宙を漂っているのだろうか
載せられていった地球からのメッセージ
波の音　鳥の声　雨の音
哀切な尺八の独奏「巣鶴鈴慕*」は
遥かな未来　何にめぐり逢って
誰が聴いてくれるのだろう

二星のめぐり逢う夜
こころのプラネタリウムに
毀(こわ)れていった夏のかずかず
行先のない言葉を　幻の笹に吊るして
暗い庭に佇てば　星はみえず
闇が抱く樹々のあたり
もつれ舞う　螢　螢
くりかえし語りかける
亡母(はは)の言葉となってまたたく

わが水底の寂しい錘(おもり)を打ち鳴らして

＊　鶴の親と巣立ちする子の情愛を描いた古典的な名曲という、人間国宝山口五郎氏の独奏。

鷗

ゆうひが海にあふれると
記憶のなかの海も光った

あれは
くぐり抜けてきた歳月に
翔(と)び立てないまま置き去られた
言葉や願いだろうか
美しい影となって
ふかい静寂に舞いあがる
聴こえない旋律に応(こた)えながら

想い出が
こころの渚に打ちよせる
魔のひととき

蓮

遥かな
時の果てから
うつくしい暗号を受けとめて
蓮の花が咲いている

悲哀の沼に漂い
絡むかなしみの水藻を分けて
祈るように
天に　高く　さしのべる

あこがれ

肉体を脱いでいった魂も
夢をみるのではないか
ほそい坂道を下り
竹林に抱かれた蓮池のそばを
カーブする一瞬
魂の夢のなかへ

隅田の花火*1

何歳か忘れました
やさしい言葉が添えられ
誕生日に娘から届いた
初めて見る花　隅田の花火
いま開いた花火のように

星形の二重の花が
尾をひいて弾けている
〈なんだ、白い花か〉夫は云ったが
こころの闇夜に
色とりどりの花火が開いて消えた
沁みる余韻を曳いて

わたしの生は誰かの記憶に
線香花火ほどにも瞬けるだろうか

隅田川の花火はテレビで
神通川*2の花火は昔から何度も
二里離れた生家からもみえたが
花火は消える瞬間がうつくしい

ドドーン　ドドドーンと
いくつも打ちあげられた

待合室のみごとな花に
患者さんは口々に挿し木にしたいと
何人もの人にもらわれていった
庭に植えた隅田の花火には
もう　若葉が息づいている
街のあちこちに小さな花火があがるのは
いつの夏であろう

＊1　ガクアジサイの一種。
＊2　富山県中央部を流れて富山湾に注ぐ一級河川。

秋

ふりかえり　ふりかえり
夏は帰っていった
ちろ　ちろと炎（も）える
残り火を　残して

赤まんまの径に
幼年の日々がうるみ
澄んだ風にそよぐ欅の梢のあたり
秋はうすい翅（はね）をひろげて
傷ついたこころに
配るように
灯（あか）りいろの葉を降らす

九月　I

符合のように
彼岸花の咲く九月になった
逝ったひとの魂の花火だろうか

誰もいない海に

あやうい翳（かげ）がよぎる
ゆうべ写真で見た円筒埴輪（はにわ）の線刻画
うつくしいゴンドラ形の船は
片側に櫂が七本
舳先には水先案内の鶏もいて
霊魂を他界へ運ぶ船かもしれないという
あの櫂が漕いだ古代の海に
深く遥かに連なり　波がしぶく

もうすぐ
稲妻のひそむ沖のあたり
変奏の譜面がめくられるだろう

九月　Ⅱ

風がふと　色をかえて
夕ぐれを渡った
はりつめたこころをほどいて

山ぶどうに
醸（かも）されてゆく夏の憶い出
遥かをみつめるひとの踝（くるぶし）を
露はやさしく濡らすだろう

まぼろしの谷間を染めて
赤とんぼは群れ翔（と）ぶだろうか
書かれなかった文字を
秋の空に連ねるように

あけび

秋になると

叫び声をあげるように
いっせいに裏山のあけびが実り
それであけび酒を造ったもんです
彼が生きていれば
いま頃はそれを飲んでいるはずで
あの時のあけび酒は
いまも家のどこかにあるはず……
牛人美術館の牛人のあけびの絵の前で
ぼそぼそとNさんはつぶやいた

秋のドアが少し開かれ
丘のふもとの小さな美術館を
夕焼けが包んでいた

もしかしたら
黙って過ごした歳月
とざされた心から抜け出していって

知らないあけびの木に実り
声をあげていた想いもあるやもしれず
それはとられて酒にされ
いまも忘れられたままあるかもしれない

牛人の妖しいあけびは
あまく暗い酒となって
闇にしみ入り
ほのかに夜を染めた

あざみ

夜の涯に
流れやまない水の響きを
聴きながら
痛みは

無数の炎をあつめて
息をひそめていた
もうすぐ
風が吹き過ぎるだろう

晩秋のみくりが池

冴えかえる陽に透けて
新雪の匂いに息づく姿を
藍いろの鏡に映すと
遥かな日の山が蘇る
荒あらしい季節の前の
罠のような静寂

夜の深みに
ひとびとの悲哀がまたたくとき
天空の淵を　ひそかに
星を連れて
月が泳ぎ渡るだろう

オーロラ

いくつもの夕陽に溶け
いくつもの夜を遡り
いくつもの黎明を
超え
たかく
ふかく
宇宙のさざ波を切って
鶴の群れが翔ぶ

光と闇に磨かれた
つよい翼で
美しい意志が連なってゆく

煌めき響きあう
聴こえない交響曲に彩られ
ゆるやかにゆらめく
水の惑星の愛の炎に
呼ばれているように

寂寞の光河に漂う
重い遊星から
遥かな天体へ
相聞の炎が
瞬く

博物館で

ふと
何かが　囁く
――待っていたのですよ

太古の森に　そよいでいた樹
もっと遥かな日
海辺に遊んでいた貝
ありとあらゆるいのちの
果てしないつらなり
魂のふるさとから届く
やわらかいひかりが
心のなかの忘れられた原野を
呼び覚ましてゆく

縄文の櫛

縄文晩期の赤漆塗りの竪櫛が出土した
目を凝らしても　歯はみえなかった
展示ケースの中のシャーレに
少し欠けた半月型の朱い櫛
温かい手ざわりをただよわせ
二千五百年前の茜色を典雅に粧っていた

　横五・五センチ、縦四・二センチ、厚さ〇・八センチ、歯と横部分が欠損している。櫛の歯を二枚の横材で挟み糸のようなもので固定する「結歯(けっし)式」で赤漆を使い着色、接着してあるという。

三倍に拡大された写真とX線写真も展示されていて
棟（握り手）部分に残った歯が
うす青い月光のように八本映っていた

錺(かざり)職人もいたのかもしれない
人間の手になる精緻なものが
世紀をこえて心に語りかけてくる
肩に手をかけるようにして

婚礼の日　玦状(けつじょう)耳飾りをつけた媛(ひめ)の
豊かな黒髪を飾った朱い櫛
胸もとにきらめいていた翡翠の勾玉や丸玉の首飾り
花嫁の母の願いをこめてしのばせられた縄文ヴィーナス*
豊穣の祈り　感謝の祀りにも着けられたのであろう

夜　瞼を閉じると
昼間みた縄文の櫛のX線写真が
幻灯のようにともった
夜が更けたら
櫛は帰ってゆくのではないか
畏れを忘れ　傷ついた現世から
谷間を　いっさんに
縄文の村へ

＊　石に女性像を彫り込んだ線刻礫（せんこくれき）。

縄文の弓

引き絞ったのは
どんな男
射とめられたのは何だったろう

矢を飛ばす威力は
真弓より強いという反曲弓
弭（ゆはず）と矢摺（やずり）には黒漆の装飾文様
あかく残る弭の朱漆がなまめく
測れない闇もたじろがぬ
たくましく優雅な男だったろうか
晴れ渡った古代の空の瞳（め）で
ねらいを定めたろうか
愛用の弓は
四千年の眠りからさめて
夥しい縄文の遺物とともに展示室に並ぶ
木の実の収穫の終わった秋の日
突然の洪水に襲われて
一瞬のうちに埋没したにちがいないという桜町遺
跡
縄文の村の暮らしそのままに
出土した遺物

くるみ　くり　とちの実　こごみ　紅葉
石斧　まないた　笊（ざる）　かご　朱塗りの木製鉢
貫穴や渡腮（わたりあご）仕口の建築部材
勾玉　耳栓　玦状（けつじょう）耳飾り……

四千年前を覗きこむと
ガラスケースの中の折れた弓は
俄かに美しい弓形を整え
もどれない科学文明の吊り橋を急ぐ人々に
哀しみの矢をつがえる

海王丸に

あけぼのにいっせいに羽をひろげる
鶴の群れのように
風の祈りを
すべての帆に受けとめるとき
あなたはもっともうつくしい
貴公子という言葉が
あなたのために残されてきたと思えるほど

（片手は自分のため、もう一方の手は船のために）*1
くぐり抜けてきた多くの歳月
闘った波　語り合った貿易風
太陽も月も　ボースン鳥*2も
かけがえのない仲間だった

あなたは知っているだろうか
愛の方位さえ確かめられない
ひとびとの乾いた胸の奥にも
ときに海流はあふれ入って
ランド・フォール*3のときめきを乗せた
幻の帆船がよぎってゆくのを

雪雲は風のヴィオラを捜しに行った
水の惑星に浮かぶ
あなたのこめかみを
今夜　北極星が射るだろう

＊1　帆船ではすべてが協働作業。身を守る基本動作。
＊2　朝早くねぐらの島を離れ夕刻までにはまた島にもどる海鳥で、特定の種類ではないが甲板長の英名からこう名づけられた。ボースン鳥が現れると陸地が遠くないことがわかる。
＊3　陸地初認（ランド・フォール）…大洋を渡る長い航海の後、初めて陸地を目にすることをいう。

幻の舟

夢のなかに
鳥たちは帰ってきた
海を渡り
山々を越え
歳月を超えて

天空を翻すオーロラの炎
ヒマラヤの花の谷に咲くブルーポピー
原初の光も　青も
巡っていると

軋む装いを解いて
魂たちがよりそう月色の舟
舳先には風の水先案内
みえない櫂が漕ぎ出すだろう
深い祈りのたちこめる
古代の入江へ
めぐり逢えない歌の方へ
涙ぐむ森に
曙のまなざしが触れないうちに

詩集『岸辺に』（二〇一三年）抄

あいの風*

遠くで
盆踊りの唄がひびいていた

ゆうべも言い争った父と母
幼い妹を連れて母は里へ行ったまま

酔った父は縁側に腰掛けて
月明かりの庭をみていた
わたしも黙って庭をみていた
消え消えによぎってゆく螢たち
息苦しい沈黙に
囃し声が　遠く　近く
波のように寄せていた

町はずれの神社前
音頭をとる男衆の櫓を囲んで
道幅いっぱいの長い楕円の輪になり
明け方まで踊っていた素朴な盆踊り
夜なかの二時ごろから一番いい踊りになるのだった
拡声器で声量たっぷりに男が唄う
（…お客はどなたと聞けば……鈴木主水という侍よ……）
（…わたしゃ女房で妬くじゃないが……）
応えて踊り手が唄うように囃す
（おぉ　そうじゃい　がってのかんじゃ……）
暗い翳が寄り添う田舎の町の夜空を
囃し声が渡ってゆく
半世紀以上も前の盆踊り

あの夜　浜風の潜む北の縁側から
前庭へ通り抜けていった風
わたしの背中を抱くように触っていった
〈あいの風〉がひんやり甦る

＊あいの風　夏の日本海側で吹く北寄りの風、涼しい風。

縁側

縁側で　酒を酌み交わす
口髭の永井先生と父
ひとつのお膳を二人で——
杯をたかくあげて笑っている先生
身を乗りだしている開襟シャツの若い父
そばのお盆には銚子と漬物らしいもの
胡坐(あぐら)の膝におかれた父の左手のタバコが
五十年前の煙をもやっている
弾む話し声がこぼれてきそうな一葉
昼間から酒盛りとは
働きづめだった父の珍しい写真
病身だった父に禁酒を言い渡したのは
永井先生だったはず
庭へ出て　この穏やかな一瞬をカメラに収めたの
　は誰だろう
兄だろうか
生涯　理解しあえなかった父と息子
数えきれない父の不眠の夜
しらじら明けていったわたしの夜

今夜は　中秋の名月
蒼い光に沈む　誰もいない生家

庭木の影が揺れる障子を開け
亡母(はは)が呼んでいる
　いいお月さん出られたがいね
　見られんか　見られんか
　はよう　ここへ来られんか
〈月々に月見る月は多けれど月見る月はこの月
　　の月――〉や
逝った姉や兄たちもそろそろとあつまって
いまは睦まじい父と母

脆く壊れやすい家族に
寄り添ってきた余白の木の肌触り
いつか　くるだろう
誰の記憶からも消えてゆく日が

母の〝まいだま〟

雛あられをわたしたちは
子どもの頃から〝まいだま〟と呼んだ
雛祭りが近づくと
母の手づくりの〝まいだま〟を食べたくなる

鏡開きの日から鏡餅を切る母の夜なべが始まる
脚付の木の俎板に
硬くなった大きな鏡餅を置き
左手に手ぬぐいを巻いて
ゆっくり体重をかけながら切る
一センチ角に物差しで測ったような
きれいなあられを部屋じゅうに
のし餅のように広げてゆく

縁側に干して乾燥させた〝まいだま〟を
七輪に火を熾して〈ガスはダメやぞ〉
愛用の鉄の大鍋で
木のしゃもじで気長に炒る
〝まいだま〟はぷっくり　ぷっくり
ふっくらふくらみ
ぱっちりみんな起きて出て
ひしめきあっておしくらまんじゅう
〈最後に黒砂糖をふぁーとまぶすのや〉
香ばしい〝まいだま〟のできあがり
〈しっかり覚えておかれ〉も上の空で聞いていた
母が亡くなってから
あちこちの店を捜したが見つからない
あれは母のオリジナル?
雪の降る夜　寒い部屋で
ひとり黙々とお餅を切っていた母
丹念に切っていたのはお餅だったろうか
今夜あたり　あちらから電話がくるかもしれない
〈〝まいだま〟炒ったから取りにこられ*〉

＊　こられ（富山弁）いらっしゃい。

くせ

電話にむかって　いつも
ふかぶかとお辞儀をしながら話していた
出入りの魚屋さんに
夕ご飯のお刺身をたのむときも……
お母さん　むこうの人には見えないのよ
裏庭の赤く熟れた柿を夢中で摘み取っていると
〈みんな採ってしまわれんなや〉

〈カラスさんにおあげする分を残しておかれや〉
カラスにまで敬語を使わなくていいのよ
母のたあいないくせを思い出して
姉と電話で話すとき
流れるやさしい気配
遠慮深く　信心深かった母

そういえば
むかし　いきつけの床屋で
宝くじの百万円があたったと冗談いって
真にうけられて困っていた父
話好き　落語好きで
芝居好きが弾みすぎたのかしら

昭和三十二年東京世田谷上馬
はじめて訪ねていった兄の下宿
部屋は二階ですよといわれて
階段をのぼった　目の前
〈この階には止まりません〉の札が
兄の部屋の襖にぶら下がっていた

死んだ父や母　兄にも
生きているときには気づかなかった
愉しいことがこんなにあったなんて

道草

あれはどんな女神の合図だったろうか
その日　集会へと車を走らせながら
季節はずれの暑さに　ふと
生家へ寄ってお茶を持っていこうと思った
誰もいない生家は週末の我が家なのだけれど
このところずっとご無沙汰

「お母さん　わたしよ　来ましたよ」
亡くなった母が座っている仏間の方へ声をかけ
冷蔵庫からお茶を出してガレージに戻ってくると
家の中を覗いている帽子をかむった旅のひと
「ここに昔、浜憲*さんという家がなかったですか」
あっ　と　声をあげた
一瞬のうちにその爽やかな目のがっちりした体格
　の男性は
腕白な小学生になった　昔の隣の同級生
いつのまにか奥様らしい方が近づいて
「榮成ちゃん!」
「浜憲のえこちゃんですね」
はじめてお会いするのに子どもの頃の呼び名でよ
　びかけられる
一週間前に日本に来て札幌の姉に会い
今日　懐かしいこの町に来てあちこち歩いていた
という

彼は中学生になる時　神戸へ引っ越していったき
　り
会ったこともなく消息も知らなかった
パナマに十八年カルフォルニアに移って二十年に
　なる
数年前　真珠の貿易商をやめて二度日本に来た時
　もこの家を訪ねたけど
人が住んでるようには見えんかったなぁー
(母が亡くなってから十年余り空き家だった)
なんという幸運　時間が三分ずれても会えなかっ
　た
家を出る時そのつもりはなかったのに
遠回りして生家へ寄るように囁いたのは誰だろう
曳網の中で跳ね上がる魚たちのように
記憶がどれもこれも言葉になろうと騒ぐ

その夜　電話で

小学生の腕白坊主と内気な女の子は
五十数年前の町に一気に駆けおりた
見事な桜並木の奥にあった〈松の湯〉
おおぜいの職工さんたちが通っていた〈第一薬品〉
　の角を曲がると
八百屋の隣に桶屋があって
店先にあぐらをかいたおじさんが
鉈であざやかに裂いた竹がするっするっと
生きもののように道路までのびていた
小学校の前の下駄屋の奈保ちゃんとこ〈きりや〉
　さん
その通りを西へゆくと
燃えている炎がいつも気になった〈鍛冶屋（かんじや）〉
家の前を流れる小川は橋を渡らずに飛び越え
田んぼに入って遊んだ
友達から勝ち取ったカルタやラムネ玉がいっぱい
　になり
見つかると捨てられるのでブリキの缶に容れて
お菓子屋の三之助のおふくろに頼んで毎日預かっ
　てもらった
波の形に貝殻が落ちている波打ち際で
磁石で砂鉄をあつめて遊び
突堤から海に飛び込んで泳いだ
擦りむいたりぶつかったりで生傷が絶えず
赤チンではなかなか治らないので
近くの〈鯰（なまず）鉱泉〉へいって赤いお湯につかってい
　た

もっと大きな町ゃ思ってたなぁ
浜辺へ出たら立山連峰が聳えとって
子どもの頃は気にもせんかったけど
海と山があっていいところだったんだよねぇ
夜じゅう　出会いの不思議が
むかしの町に灯をつけてまわった

あの頃　夕方になると自転車でやってきた
紙芝居のつづきを見るように
メールと電話がつづいている
お嬢さんたちはジュネーブにいて
二人とも国連で働いているという

＊　父が浜谷憲治で同姓が多いため浜憲と呼ばれた。

川

河川敷にある滑走路を
神通川に並行して飛行機は滑走する
見るともなしに窓外を見ると
川の一箇所が　流れに逆らって
烈しく波立っている

途中でUターンして　機首を上げ
山の方へむかって
いっきに飛び立った
急角度に吊り下げられ
雲のなかへ吸い込まれてゆく

あの夏
肺癌の手術をした姉の快復を祝って
遠くから下関の宿に姉妹が集まったとき
部屋から一望する海峡に
いくすじもの潮の帯が声をあげて走っていた
ながく　海辺に暮らしながら
はじめて見る海の表情
わたしたちは賑やかに笑いあった
つぎに会うときは　姉はいないだろう

眼下に浮く雲の群れ　その遥か下へ

山なみが沈んでゆく
霞む歳月の地図を俯瞰すると
玉虫色の鱗をうねらせて
無言の川が
鈍くひかっている

チェリオ

〈かなしい事実にむきあうとき
――どうしていたの〉

夜明けの夢のなかで
亡母(はは)に尋ねていた
うわの空で買い物をすませ
「チェリオ」へ入る
気持ちを切り替えなくては

喫茶店チェリオは創業昭和十年
十五も年上だった亡き姉は
昔のチェリオでお見合いをしたそうだ
昭和十八年とかいっていたけれど
わたしが名曲喫茶チェリオへ
行くようになったのは昭和三十年代後半から
ほどよい照明にうかぶ熱帯魚が泳ぐ水槽
飾られていたアンティークの電話
気取らない落ち着いた雰囲気が好きで
いくつかの想い出も生まれた

珈琲を飲みながら
ふと見ると前の女のひとの背に
小さな椅子が一脚
「どうぞ」と
こちらをむいている

座のところが黒白のチェック
カントリー風の素朴な表情
オリーブ色のセーターに描かれている

顔は見えなかったが
あんみつを食べていたあのひとは
気づかなかっただろう
ほんのひととき
わたしがその椅子に腰掛けて
森のほうから吹いてくる風を
待っていたことを

風鈴

六人きょうだいが三姉妹だけになり
年に一度は会いましょうと
会えば夜更けまで父母の思い出がつきない
若いお嫁さんだった頃
父と妹が我が家へ時節の挨拶にきた
帰り道
「あれは泣いた顔だったね」
ばーっと涙をこぼす父に
どう対処すればいいのか困ったわよ

四十年経ってはじめて聞いた
父が亡くなってからでも
二十七年経っているのに
「詩は書いているのか」
唐突に尋ねたのは優しい言葉のつもりだったのか
ほどかれてゆく記憶に
風鈴が鳴っていた

青い炎

音を消し　目をつむると
みえてくる　母の深い悲しみの跡
言葉にもなれず
どこにも刻(しる)されず
日々の暮らしに隠されていった
ひりひりする心の傷みを
ながい歳月
月と星々が読みとってくれただろうか

亡くなって十七年も経つ今頃になって
母の悲しみの炎が
夜の橋を　渡ってくる
ほの　ほの　と　もえる青い炎が

やわらかい闇のなかで
わたしは待っている
ほの　ほの　と　もえる青い炎を
抱きしめようと　ない翼をひろげて

新湊大橋に

海面から　高さ四十七メートル
待ち焦がれた港口に架かる橋
車を走らせながら
神々しく　親しい
立山連峰と富山湾を一望する

全長六百メートルの斜張橋
百二十七メートルのA字型の主塔が輝く
銀色の弦を縫って　カーブをのぼってゆく

暗い思いに　すっと光が射し込むように
視界がひらけ
一瞬　身体が透明になる
空の土踏まずをなぞって
ふわり　うねりを越え
真向かう立山の雪渓に吸い込まれていきそうだ
海に浮かぶ雪嶺の山々
穏やかな市街　海鳥　波も船も
声を合わせるように息づいている

露草が濡れる川のほとりには
螢が飛び交っていただろうか
桜町遺跡で見た縄文の橋は
丸太二本と半割材でつくられていて
よく踏まれた所は平らにすりへっていた
あの橋を歩いたひとびとの霊魂も
連綿と繋がって宿っている

月夜には　渡っているだろう
遥かな祖先も　愛しいたましいも
故郷の山と海に呼ばれて

黄薔薇「螢川」に

言葉もなく　夜の庭へ
みちびいていった長い影
あれは誰だったのか

月の光に濡れ
ふかい闇のなかに息づいていた
かすかなゆらぎ
黄色の薔薇……「螢川」
その名前に魅せられて

逢いたいと焦がれていた

細身の花びらが包みきれず
ふりこぼす　しみいる香りは
ふかぶかと　草草に覆われた
遠い夏の流れをめぐり
消え　消え　飛び交う螢の
はりつめた悲哀を灯した

夢から覚めれば
何者かが大きく引き絞る弓のような
富山湾のほとり　庭の木犀の樹に来て
けさも　五時を告げる山鳩の低い声
遥かに連なる山々に抱かれる野に
せつない棘にまもられ
幾重にもかたく想いを巻いて
朝露を帯び「螢川」　目をふせて
はじめての空を待っているだろうか

蜃気楼

新聞のお気に入りの欄に
《立山眺望》がある
青い立山に白い大きい雲　小さい雲
七コマ並んだ一週間の立山のイラスト
それぞれの日の眺望が一目でわかる
ひしめく悲惨な記事のなかに
愛らしい休符

海岸からいきなり深い海になる
藍甕と呼ばれる富山湾には
ときおり蜃気楼が現れ
《蜃気楼情報》も載る

小学四年の　春にしてはむっと暑い午後
お寺へお琴を習いに行くと
山門のところで
浜の方から走ってくる先生とばったり
「蜃気楼が出たの！」
いつも着物姿でもの静かな先生の
汗ばんであかく染まった顔がまぶしかった

蜃気楼は見られないまま半世紀が過ぎ
新聞やテレビでその鮮明な映像が届くようになっ
　たけれど
いまでも　蜃気楼と聴くと
遠い昔　「蜃気楼が出たぞうー」
海辺の町を駆け抜けていった声の影と
あの日のなまあたたかい感覚がもどってきて
ぼぉーっと像を結ばない何かが
こころの海を揺らす

博物館では発生装置による人工蜃気楼さえ見られ
　るという
何もかも科学的に解明されてゆくと
この地球はもっと寂しくなるのではないか

海辺

睡り（ねむ）の淵から
胸を圧すように　打ってくる
あれは私のなかの
母だったろうか

大欅のある海辺
右手に聳える立山連峰

くっきりと稜線がみえる
ことし国内で初めて認定された氷河
三の窓　小窓　御前沢はどのあたりか
渚に立って深く息を吸い込む
定置網を揺らしている光る波
しなる水平線　船がゆく
寄せる波　帰る波
私と私のなかの母の鼓動が
海の鼓動にひびきあうようだ
（ここへ来たかったのね　おかあさん）
浜街道沿いのあなたの生家はもうないけれど
諏訪神社の樹齢千年を超える大欅の葉群れ
潮の香り　浜風　草叢のなでしこ

家持　石黒信由*　遥かな祖（おや）たちも仰いだ立山
くりかえし　くりかえす　波の音
生まれていなかった昔の海辺に
夕陽が射している
幼い母が母の母とはしゃぎながら走ってゆく
巻貝は子らの夢の渚にうずめよう
遠い未来　海の響きに引き寄せられ
故郷の海に逢いに来るだろう
そのとき私は大欅の樹に棲む鳥であればいい

＊　石黒信由（一七六〇～一八三七）射水郡（現・射水市）高木村出身。江戸期のすぐれた和算家・測量家。

石黒信由さま

数学にも地図にもめっぽう弱いわたしが
なぜかあなたの地図にとても惹かれます
和算の集大成『算学鉤致（さんがくこうち）』の著書があり
越中の伊能忠敬と称される測量家のあなたが

ここから四キロほどしか離れていない
射水郡高木村の生まれだからかもしれません
加賀藩の命で測量した『加越能三州郡分略絵図』
は
現在の地図と変わらぬほど正確で
忠敬の日本全図とともに近代地図のさきがけとい
われています
一八〇三年八月三日　沿岸測量のため越中を訪れ
た忠敬を
あなたが止宿先の放生津の柴屋彦左衛門方に訪ね
翌日　四方町まで同行して天体観測や測量を見学
した記録は
なんと胸躍らせることでしょう
一八二三年作製の『射水郡分間絵図』の複製を見
ていると
その浜街道が生き生きとみえてきます
放生津　堀岡新　古明神　浜開　海老江　打出

四方町

四方町に生まれ堀岡に嫁いできたわたしに
地名はむっくり起き上がり
二百年前の田んぼや村や町を呼び覚まし
わたしの記憶を遡り
亡母の記憶を遡り
そのまた母の記憶のなかへと
遡って語りかけてきます

立山から陽が昇り奈呉の浦に沈む夕日を
あなたも見ていらしたことでしょう
ことしはじめて海から昇る太陽を
オーストラリアのゴールドコーストで見ました
砂浜で初日の出を待っているとき
あなたの両半球図*が蘇り
オーストラリアの右肩あたりに自分の位置を確か
めました

人は生まれるとき母からと
その風土からも血をもらって
みえない血が自然と人間の間を流れ
溶けあっているのではないでしょうか
生まれた村の名を号にしたり
ふるさとが懐かしいのは
風土と共有している遺伝子が呼ぶのでは　と
そうであれば　あなたの村から
時を越えて　そのひと雫が　わたしの上に
ひとひらの雪のように降りかかってほしいと
降りしきる雪を見ています

＊　両半球図　江戸時代後期ロシアのラックスマンが日本にもたらした絵図で信由の収集品。

鬼灯（ほおずき）

こどものころ
鬼灯を鳴らして遊んだ
熟した朱色の実を
辛抱強く　やさしく　もみほぐしながら
すこしずつ種を取り出してゆく
するっと　袋だけになったときのうれしさ
鳴らす音はひとりひとり違っていた

詩人の坂田嘉英さんが明石の息子さんの所へ
引っ越すことになったとき
親しい友人たちの詩を彼の好みで選び
明朝体のような文字と繊細な絵に描いて額装し
それぞれに残してゆかれた
わたしの詩集からは

いくど　それは燃えあがるだろう
あたらしい生命を
みごもったその日から
女は祈りの火種を抱くのかもしれない

子らにはみえない母の「祈り」
長方形に嵌め込まれた絵は
露草色　藍色　群青色
交叉する青に浮かぶ白い虫鬼灯がひとつ
繊維だけになった皮のなかに朱い実

階段の踊り場からは　須磨の海が望めます
手紙をいただいてまもなく
坂田さんはふいに逝かれた
あれは形見分けのつもりだったのか
ときおり　虫喰いの鬼灯が
傷んだ舟になって
消えかかるランプを灯しながら
夜の海原を　漂ってゆく

山の文化館で

気をつけて　のぼってください
なにしろ明治の建物ですから
少しへこんだ木肌に半世紀まえの
小学校の階段が甦り
いちだん　いちだん　暗い急な階段をのぼると
ぱっと　あかるい畳の広間に
澄みきった秋の光があふれていた

火のない囲炉裏をまえに
登山家の詩人秋谷豊さんは

深田久弥の「中央アジア探検史」をめぐって話され
籐脚のガラスの机にひろげられた原稿
胸元に赤いベストがのぞく詩人に
窓外の大きな銀杏の木がさざめいて
まだ黄緑色の葉が
ちらちら
ちらちら　影を降らしていた
ジュガール　ヒマール峰
天山山脈　ボコダ
タクラマカン砂漠
ろば　らくだ　ランプ
ゆうべテレビで見たシルクロードの地図に
地名を嵌めこみながら聞いていた

フランスの登山家デュプラの詩
いつかある日　山で死んだら
古い山の友よ　伝えてくれ
フランス語で愛唱していた深田久弥の訳詩という
山の話を聞くために
久弥を訪ねた井上靖がその歌を知り
『氷壁』で主人公が遭難した親友を偲ぶ歌にしている

帰る電車は夕映えのなかを走り
遠ざかる田園に
妖しいカードを撒き散らしたように
家々のガラス窓が赤く染まっていた
燃えるような夕焼けに包まれていることを
たぶんあの家々の人は知らないのだろう
ほんのひととき　誰にも
気づかれずに赦されている抱擁のように

＊「深田久弥・山の文化館」石川県加賀市大聖寺。

古代のハープ

若いハープピストが
二千七百年前の古代のハープに
逢いにゆく
シルクロードの新疆ウイグル自治区の楽器博物館
へ
それは手に抱えられる大きさの
ふっくらした帆かけ舟の形
マストのような細い柱に
五本の弦がななめにかかる
　遥か遠い遠い昔
宮廷の宴に弾かれたものだろうか
おばあさんが新疆ウイグルの出身で
ウイグルの子守唄をよく歌ってくれたという

復元されたハープは調律され
ハーピストはおばあさんから聞かされた
子守唄をうたいながら古代のハープを弾いた
歌の精霊が舞うようだ

子守唄もシルクロードを旅して
世界の国々へ伝わっていったのだろうか
日本の子守唄にも
遠い国から伝わってきたものがあるかもしれない
遥かな祖先より母の胎内から子へと
もしかしたら言霊はいのちより先に
受け継がれてきたのではないだろうか

＊　参考　ＮＨＫ　ＥＴＶ特集（二〇〇五年五月七日）ヨーヨーマとシルクロードアンサンブルの仲間たち。

夏目坂[*1]

その春　ようやく大学の近くに
細長くて息のつまりそうな部屋を見つけ
はじめて一人暮らしをする医学生になったばかり
　の娘に
「気をつけて暮らすのよ」
何度も念をおして
慣れないざらざらした東京の街を
緊張して歩いた
明日は娘を残して帰らねばならない
このあたりは
大地主だった漱石の父直克が
自分の夏目の姓を名づけた坂であることも
夏目漱石の生家跡があることも知らなかった

むこうから話しながら
すらりとした若者たちが
弾むように足早に近づいて来る
通りすぎるとき　聞こえた
「お前　だら[*2]かよ」
あれぇ　あの人達もおんなじ富山の人だ
娘と顔を見合わせて笑った
いい言葉ではないのに
あったかくて心がゆるんだ

*1　夏目坂　地下鉄東西線早稲田駅前から喜久井町来迎寺までの南東へ上る坂。
*2　だら　富山弁でばか・あほの意。

まだ生まれないあなたに

祈りつづけた

からだが透きとおるほど
なんども抱きしめた
まだ生まれないあなたを
（あなたのお母さんには内緒だけれど）

あの日　八百グラムしかないあなたが
あわててこの世へ送り出されようとしたとき
わたしたちは　声をうしなって
覚悟しなければならなかった
生きるとは
どんなことも受け入れることなのだ　と
闇の底へ錘（おもり）のように吸い込まれてゆきながら
いちにちじゅう
ふぁ　ふぁ　と
わたしはどこにもいなかった
（四十年生きてきて
妊娠と聞いた時ほどうれしいことはなかった）
あなたのお父さんの言葉がこだましていた
あなたが奪われるかもしれない
魔の気配に怯え　微かな音にも震えた

あなたのお母さんが命がけで
痛みと苦しみに耐えているとき
あなたもいのちをこめて
お母さんを励ましていてくれたのね
わたしは祈るよりほかなく
祈りは　燃え
千百グラム　千三百グラム　千五百グラム
ついに　二千グラムを超え
あなたが動くのを感じるようになってしまった
今朝　あなたはぐーっと足を伸ばし
わたしは脚がひきつって目覚めた
お腹は右側におおきく硬くもりあがり

あなたのお父さんを身籠っていたときと
おなじ歪なかたち
あとしばらく　揺られていてほしい

お母さんが闘いながら護っている海に
曙の潮が満ちてくるまで

らふらんす

幼い頃
町に二台あった　赤い自動車
〈らふらんす〉と教えられた
小学生の頃もずっと
消防車を〈らふらんす〉と思いこんでいた
まあるく　やわらかい響きが好きだった

おとなになり
そんなことも忘れてしまっていたけれど
何十年も経って
香りのいい西洋梨
ラフランスが街に出まわるようになった
「ねぇ　消防車を昔〈らふらんす〉って言わなかった?」
夫に訊くと
「知らんなぁ　らふらんす?」
おたがいの生家が四キロほどしか離れていないのに
「消防車は消防車だよ」とそっけない
あれはわたしの錯覚だったのかしら
フランスと関係があるのかも……
謎は謎のままになったことも忘れて
何年も過ぎ

そして今日
何気なく読んでいた新聞
とやま弁大会の記事にあった!
大正時代に富山市に初めて導入された消防車は
外国のラフランス社製だった
ラフランスは富山弁で消防車を指すと
やっぱり〈らふらんす〉と呼んでいたのだ
心のなかで
　ら
　ふら
　ん　す
迷子だったやさしい言葉が
昔の町へ帰っていった
赤い消防車になって

名前

誕生日にロンドンにいる孫から
「おめでとう!」の電話
「ねぇ　四月七日の何時に生まれたの?」
そんなこと　尋ねたこともなかった

この世に到着した時間ぐらい聞いておけばよかっ
た
でも　名前の由来は知っている

その春
身重の母が駅で隣り合った知らない人
おぶわれている愛らしい女の子の
名前を教えてもらい
女だったら　同じ名前にと決めたそうな

いとも簡単に名前をもらい
大事に使ってきて
この世の滞在期間に
あとどのくらい使えるのかしら

ひとつ違いの瑛子姉さん
元気でいてください　どうか幸せで
雪のちらつく三月　田舎の小さな駅で
わたしは　母のおなかの中で
あなたに微笑んだのかも
母と一緒に

旅

海外旅行もこれが最後かもしれないね
ハワイ島一周ツアーのバスに乗ると
どこまでも続くまっすぐの一本道
海を見るときは沖のほうを見てください
この時期はアラスカから鯨がこどもを産みに来
るので
潮を吹く鯨たちを見ることができます
ガイドさんの言葉に
みんな海の遠くへ目を凝らした
ときおりユーカリの林が視界を遮り
また　海が見えると
いっせいに遥かな青緑色の海原を見つめた
でも　鯨たちはついに見えなかった

生まれてはじめての黒砂海岸
海岸にたどりついてぐったりと渚にのびていた
疲れ果てた海亀たちを遠巻きに見て
走る白い波と強い海風にあおられながら
ざりざりと溶岩の黒い砂浜を歩いた

晴れ渡った空の下で
赤い花咲く巨樹を見上げると
雪が降りしきっているだろう
墨絵のような我が家のあたりがちらついた

サンセットクルーズでは隣り合った
恰幅のいいカナディアンと乾杯!
晩餐のあと甲板に出て
燃える夕陽が水平線に溶けてゆくまで
わたしたちは　黙って見つめていた
おなじほうをふたりで永い時間見つめるのは
夫婦になって初めてかもしれなかった
いつか想い出すだろうか
あの旅は本当だったのだろうか　と
ひとりでゆく旅も　もうすぐかもしれない

池

雷鳴がやみ
土砂降りの雨があがって
暗い雲を脱ぎ捨てながら
遠くに浅間山の山容が現れてきた
残照の縁をつけて
雲が流れてゆく
大きな池に面した
ホテルのレストランで
ことしも来ることができたと
ふたりとも黙って思っていた
遠い夏の翳が漂ってくる

水面に映る影の松林を縫って
静寂を滑るように

一羽の水鳥が曲線を描いてゆく
ひろがる漣を生みながら
少し遅れて　こどもがついてゆく
あっ　いま浅間山の山頂を泳いでゆく

あのようにやすやすと
難しいことがほどけていったら

あやうい穏やかな波のうえで
ひとときが静かに
染められてゆく
触れてはならないことを
そのままに

哀しみの風船

そっと　閉じ込め
声を出さないように
もれないように
噴き出さないように
きっちりと　口を縛って
誰もいない野原へ送り出した

慌しい時間に助けられるあけくれ
雛祭りも　もうすぐというのに
朝から雪が降っている

重い雛段を運び込み
居間の椅子に腰掛け
ふと　庭を見ると

帰ってきている

木犀の樹のあたり
風に遊ばれ
うっすら白くなった
地面を打っている

声

追われていったのは
花や　木や
鳥や　獣たちではなかった

畏れも　祈りもなく
疾走する騒々しい文明のなかで

影さえも失って

犇めく行列に
人を脱いで
魂の群れは吹かれていった

勾玉の耳飾りを優雅にゆらす
縄文の人の哀しい笑いとすれ違って

はるかな日
渡っていったしなやかな蹠（あなうら）の
慎ましいぬくもりを憶（おも）い出しながら
川が　囁く
《もういちど　遡るのよ》

こぶしの花

蕾がすべて
北側を向いてふくらみはじめる
コンパス・プラント
磁石の樹という
恐竜が生きていた白亜紀から
地球上に咲いていた
最古の花ということを
初めて知った

庭にこぶしの樹はないが
好きな道のこぶしをいつも見ている
きょう　信号待ちで確かめた
二センチほどのほっそりした蕾が
そろって北の方角を指していた

縄文広場の前を通り
細い坂道を降りた三叉路に
早春　まっ先に咲くこぶしの花
秘かな炎を包みこんで
合わされた掌は
子どもたちの合格発表のころ
たくさんの拍手のように開いた

〈ゆうき〉のかじかんだ言葉の原野に
春のひかりが触れて
隠れている水脈が目覚めるように
わたしの祈りが
ふくらんでゆく

欅の残像

その信号だけは赤であればいい
いつも思っていた
丘へ登る三叉路に来て
えっ　と息をのんだ
異様にひろく退いた灰色の空
数十年車の窓から
見上げてきた欅がない
樹齢五百年は超えていただろう
辺り一帯を覆って聳えていた

降り続いた雪がおさまり
ひさしぶりに通った道
閉店したスーパーの駐車場に
切り刻まれうずたかく積まれたくろい亡骸

トラックが運び出している
通夜からのように
蒼ざめて帰ってきた

目を見張る速度で伸びた若緑
夏の光と戯れていた無数の葉
明かりいろの言葉を降らしていた秋
雪の重量に軋んでいた枝

ひたすら走って過ぎた年月
哀しみをあずかってもらった日々
あれはあすこに立っていた

夜更け
烈しく闇を揺さぶり
身をよじって
声をあげていた

飛び去った鳥や風を
捜して

桜の木も

丘へつづく
通いなれた道を運転しながら
いつものように
わたしがひそかに愛して
交信している竹藪のほうをみると
やわらかい光を揺らしている竹藪のはずれのあた
　りが
桜色に霞んでいる
あ　桜の木もあったのだ
春になると　気がつく

階段を上りながら　聞いてしまった
半開きのドアから洩れてきた
さびしいひとりごと
書斎のなかにいる　あれは誰だろう

孫の太希が歩き始めたころ
家のすぐ前のゆるやかな坂道を
散歩していて振り返ったとき
ここからは　ああ　こんな形に見えるのだと
我が家の正面の形をまじまじと
初めて見るような気がした
あの玄関から何十年も
毎日　忙しく出たり入ったりしていたのに
二階の細長い北窓が右手の奥に
矩形の鏡は端正な他家の表情をして

わたしも　見られているのだろうか

わたしさえ知らないわたしを

岸辺に

いちまいの　桜の花びらになって
いちまいの　祈りの花びらになって
ことしの桜を咲かせよう

攫（さら）われていった数えきれない命
一度も桜を見なかった小さな命にも
みんな寄りそってここにいるよと
いちまい　いちまいの花びらになって
ことしの桜を咲かせよう

ひとひらの　灯りの花びらをともして
ひとひらの　祈りの花びらをともして
夜の深みの花明かりになろう
たましいが迷わないで帰ってくるように

伝えたい言葉となって舞い散ろう
堪（こら）えている涙となって降りしきろう

降りつもり　降りつもり
土に溶けて　あたたかい大地になろう
木々が芽吹くように　鳥が羽ばたくように
悲しみに耐えて生きるひとたちの
ひとあし　ひとあしが刻まれるように

笑顔がもどってくるように
歌声がきこえてくるように

春がくるたびに
いちまいの　桜の花びらになって

いちまいの　祈りの花びらになって
愛しいたましいを抱きしめ
桜の花を咲かせよう

詩集『星表の地図』（二〇二〇年）抄

星表の地図

なぜか　象形文字を見ると
記憶のなかの草むらがざわざわと動く
わたしの血のなかに
象形文字を書いた裸足のひとがいるのではないか

古代エジプトの
棺の蓋の内側に描かれていた四千年前の天体運行表
彼らは星の動きに
格別の注意を払っていたのだろう
空の神々に捧げる言葉
天球のシリウスの動き

星々が巡る冥界に入った死者を
導く地図かもしれないという

あちらへ行けば　すぐにも
懐かしいひとたちに会えると思っていたのに
捜さなければならないのだろうか
迷うのは得意だけど
地図は苦手のわたし

靡く帆
　デュエットする鳥
　　息をしているような点や線

文字が囁きかける　あの地図なら
すぐにわかるだろう
この頃　ぐっとふえた訪ねたいひとたち
天空の住まいの在り処も

＊　棺に描かれた天体運行表（『日経　サイエンス』参照）。

春の道

その雪は
宇宙からも見えるという
雪原に
うねる一筆書き

立山黒部アルペンルート
世界有数の積雪量
室堂（標高二四五〇）で七・九メートル
七曲（標高一六八〇）付近で六メートル
除雪がすすむ高原バスの道路が描く
巨大な螺旋

〈銀嶺に春の道〉と紙上に
快晴の青い空　立山上空からの写真
眩しい雪原に刻まれた七曲のカーブ

月夜には
何者かが駆け抜けてゆくのだろうか

幼い頃
玄関先にいた祖母と私の目の前を
すばやく走り抜け
真っ白い蛇が我が家に入った
怯えて泣く私に
祖母は慌てず
白い蛇は神さま
捜してはいけないと
翌朝　母の叫び声
大きな円筒の米櫃の底に
きっちりと　とぐろを巻いた白い蛇がいた
遠い記憶から
白い影が滑り落ちてゆく

射水（いみず）線　過去の駅から

夢のなかで
電車は大きく息をついて
ゴトンと停まった

前に拡がる田園
海沿いの町を三日月形に走る線路
右端の木立の陰から現れてくる電車
左からカーブを曲がってくる電車
単線のローカル線　車両がすれ違う四方駅

朝夕は二両編成　日中は一両
速くはなかったけど　ほっとしたあの振動
人々のぬくい暮らしを乗せていた

魚の行商のおばさんたちの話し声
野川をよぎるとき弾いていった木々の枝
山間の八ヶ山は急勾配の階段を上ると
山桜の公園へつづいていた
ドアが開く度に草の匂いが滑り込む初夏
夏じゅう炎をあげていたホームの赤いカンナ
波打つ稲穂のなかから白鷺の群れが
連れ立って追ってきたことも

家には海鳴りだけが待っているだろうか
夕陽が田園の遥か彼方に沈んでゆき
雪嶺の立山が茜色と翳りで彫られてゆくのを
ひりひりする心に映していた

烈しい雪の夜
最終電車が八町駅で立ち往生
線路伝いに十二人　一列になって歩いた
振り落としても　振り落としても
傘の雪はまたたくまに重く積もり
ぼうっと白い闇のなか
三駅を歩いて帰った

遠い昔に廃線になった射水線
発車するときも停車するときも
なぜか気合が入っていた
乗っているわたしたちも息を合わせていたようだ

いつか
あの木立の陰から現れるのだろうか
風だけを乗せて

海王丸のいる風景

橋から富山湾を俯瞰すると
立山連峰のパノラマに抱かれて
黒部の生地(いくじ)から能登半島まで一望され
弓なりの海岸線　生まれた町も
同じ海沿いの町に嫁いで半世紀余り
病む地球の揺れ動く小さな列島の
日本海を臨んで

息をのむ銀嶺の立山を
どんな言葉で表せばよいのか
いまも　わからない
大波を捲れば
家持が颯爽と馬に乗って
この奈呉の海辺に現れるかも知れない

新港の建設のために新湊市は分断され
長い間　行き止まりとなった町
四十六年の悲願がみのって
平成二十四年　新湊大橋が架かった
海王丸パークに係留されている
帆船「海王丸」　乗船してみると
半分に切った椰子の実で磨かれた甲板
訓練生の汗ばむ掌を覚えている大舵輪
色とりどりの国際信号旗
海図に自船の位置を記入するとき
方位を測った井上式三角定規が
ヨットの形に置かれ
遠洋航海の写真は群れ飛ぶ白鳥のようだ
薬品棚と医療器具が並ぶ診察室
窮屈な椅子にどくとるマンボウが腰かけていた

一度も海外へ旅することもなく
逝ってしまった父母を連れて
登檣礼*の余韻が漂う
風吹きわたる海原へ

＊ 出航時に船員たちがマストに登り、見送りに来た人たちに「ごきげんよう」を三唱する帆船最高の儀礼。

泳ぐ

カレンダーを捲ると
明るい海辺に水着の若いふたり
タイ　クラビ　とある
水泳のうまかった堀口大學は
世界中の有名な海水浴場を
泳ぎまわってきたという

信濃川の急流で習った
純日本風の泳法で
抜き手をきって

一生に泳げる海は限られているだろう
わたしは富山湾　四方の海　氷見の海
去年の秋　中学の同期会で氷見の女良海岸へ
六十余年前　臨海教育で泊まった宿で昼食
波に揺られているよう
窓いっぱいに海が迫り
浮かぶ虻が島
水平線に乗った立山連峰がひろがる
あの夏　男子生徒は虻が島まで遠泳した
舟が一艘　後からついてゆき
黒豆のような頭が消えるまで
女子生徒たちは海岸から見送っていた
「あのとき一番だったのは飯野と僕」と桑崎さん

飯野さんはもういない
女子で一人だけ遠泳に参加した横山さん
手繰られてゆく記憶

逃れられない潮流が
沖合で待ち伏せているなど
思いもしなかった　あの頃

遠い日

戦後　間もない頃
ともだちのお父さんに連れられて
三人で諏訪神社のある彦助の浜へ行った
彼女のお父さんは
戦地から帰られたとき
左腕が半分しかなかった
若い松の木がぎっしり並んでいた松林のなか
わたしたちは砂浜に座って遊んだ

ともだちのお父さんは
どこかから欠けた茶碗を拾ってきて
海水を入れ
落葉で火を熾して水を沸かした
あれを飲んだのかどうか覚えていないのだが
潮風に吹かれると
なぜか　秘密の想い出のように
遠い年月の底から浮かび上がってくる

あのとき　浜風がひどく吹いていて
空っぽの袖が
はためいていた

坂

ふと　時が立ちどまり
夜を抜けて
曲がりくねった
坂道を登ってゆく

縄文広場に低い囁きがたちこめ
固い芽が息をひそめる
木蓮の大きな裸木に手を振り
丘の斜面に広がってゆく
墓地は雪が降り積って
青い月の光に洗われている

地中深く埋められた蓮池が
妖しい風を生みながら
撓む竹林に抱かれて
現れてくる

崖下の震える草むらから
こぼれる夕焼けを纏って
所在を知らせていたせせらぎ

寄る辺ない思いを
振り絞って放っていた魔のカーブ
矢を放ったあとの
身体に残る振動のように
過ぎた日々がよみがえる

人も街も　消え去った
遥かな未来
黒い泥土のなかから
蓮の芽は声をあげるだろうか

虹

「帰ってくるとき
あなたの好きでない
丘の路を通ったの
坂を降り
右折して広い道路へ出たら
びっくりするような
大きな虹が
両脚をどっしり田んぼに下ろしていて
どこも欠けていない半円形なの
信号で止まったとき
ハンドルを離して
すばらしい！　って
思わず拍手したわ
色も濃く鮮やかで

そのアーチの下をくぐるつもりが
虹はどんどん後ずさりして
わたしは途中で農道へ曲がってしまったけど
あんな完璧な虹は生まれて初めてよ」

夫は検診で診た若いひとのことが
気にかかっているようで
「ん――」と　うわの空

美しい巨大な虹を見たわたしは
黙って　夕ごはんを食べながら
もう一度　さっきの虹を
胸の原っぱに架けてみた

五十二年目の結婚記念日

蓮池

あれは
いつもどこかに
うっすら　目をあけているようだ

曲がりくねった細い道を上り
墓地のある丘の
カーブを降りるとき
竹藪に抱かれるように
誰も見に来るひともない
小さな蓮池があった

埋められてから
もう何年も過ぎたのに
そのカーブを降りる一瞬

運転するわたしを
ない池の上を通ってきた風が
水の手のひらで
触れてゆく

暗い地底から
孵る幻

ゆうべ　夢のなかで
わたしは　あの池の
大きな蓮の葉をころがる水滴だった
紅い花を映しながら
揺らいでいた

深く埋められた種子
千年も経った頃
荒れる沼地に

目覚めるのだろうか

凌霄花（のうぜんかずら）

何年ぶりかで
山沿いの路を車で通った
大きな道路へ出る角に建っていたその家は
あとかたもなく　更地になっていた
秋になると凌霄花が窓をふさぎ
屋根まで赤い花が攀じのぼり
覆っていた

崖上からの夕陽をあびると
花々はソプラノの声で歌い出す
あの花と蔓にからまれた家
聴こえない歌声が立ちのぼっていた

再会

捜しあてた病院
ぼやけたピントを合わせるように
訝りながら　ベッドの手摺りにつかまって
起き上がろうとされた
いま僕を訪ねて来てくれるのは
「詩苑」のひとたちなのですよ
二十代で初めて入れてもらった詩誌の仲間
「詩苑」が終刊してからもう二十五年
あれからみんなどうしていたのやら

ひらひらと　あの頃の続きに
吸い込まれてゆく
河合幸男先生*の代わりに仲間と出席した
蔵原伸二郎詩集『岩魚』の出版記念会

錚々たる作家　詩人の宴で　硬くなっていた
まもなく蔵原伸二郎は亡くなったけれど
ときおり　神々しい狐の影が
彫りの深い銀髪の横顔とよぎってゆく

連れて行ってくださった
室生犀星詩人賞授賞式　受賞者は
『異邦人』の翳りのある若い辻井喬と
犀星の視線の熱さに触れた富岡多恵子
『物語のあくる日』のドレスだった

書けない詩に魅入られたこころは
忘れられた林の奥のかたくりの花のように
地下深くひそかに根を張って
半世紀もわたしたちを繋げていた

＊　河合幸男（筆名、紗良、紗己）第二次「詩苑」主宰。

詩集『愛と別れ』（室生犀星詩人賞）、『熱い蕾』。

別れの日

台に乗せられた棺が
わたしたちの前に運ばれた
ふいに逝かれた先生のお顔は
いまにも何か話されるようで
詩人の意思が閉じられた瞼に宿っていた

五十数年ぶりの「詩苑」の仲間四人も
棺に花を埋めていった
柳田君が昔の「詩苑」三冊をご遺体の上に
奥さまは棺に覆いかぶさり
先生をかき抱いて
「待っていてね　待っていてね」

「わたしもすぐに行くから」
くちづけされる奥さまの帽子が震えた
　もう　いちど
先生九十三歳　奥さま九十歳
相愛のご夫妻に見とれていた

火葬の間
わたしたちは控えの場所で待った
テーブルがふたつ
先生の詩に溝口君が作曲した
「はやも六月」に思いがおよんだとき
声楽家の奥さまは立ち上がって歌い出された
ほそい身体からびっくりするような声で
美しく透る歌声は集まった人々の胸を貫いて
あたりに響いていった
佐藤さんとわたしも小声で口ずさんだ

「しっかりした　きれいなお骨です」
係のひとが頭を下げた

恐怖の夜

一九四五年八月二日未明　富山大空襲

あの夜も　月夜だった
家々も道も　青白く浮きたっていた
兄と七歳のわたしは
四方浜へ必死に走った
途中　防空壕に入ろうと泣き叫ぶわたしを叱りつけ
兄は引きずるように強く手を引っぱって走った
夜空じゅうに
B29が飛び交い

並べられた魚のように
砂浜に伏せって息を殺す人々
逃げ出して来た町が
真っ赤に高く燃え上がっている
（実際は八キロも離れた富山市が燃えていた）
照明弾にぱっと　照らし出され
敵機から自分たちが見えるのではと恐ろしかった
焼夷弾は海にも落とされた

去年の秋　何気なく見ていたテレビに
グアム島のハーモン空港で
これから富山空襲にむかうB29の映像
整列する空軍兵にカーチス・ルメイがスピーチし
　ている
戦争を早く終わらせるために軍需工場ではなく
人民を標的とした爆撃をする
戦闘機も爆弾も通常の二倍、最大兵力を投入する
と

この日　飛び立った八五八機のうち
一八三機が富山を空爆した
富山市の中心が標的に
B29から五十二万発の焼夷弾が投下され　破壊力
九九・五％
市内の神通川を夥しい死体が流れていった
犠牲者　三千人
富山県庁　電気ビル　富山大和だけが残った

ニューオリンズの戦友会の十一人が
それぞれの爆撃の思い出を話していた
もと爆撃士の一人は
B29の機内は完全な空調で一万メートルの上空
　でも
あの奥で昼寝をしたと……

あの夜から七十二年
忘れられない記憶がふいに傷む
すぐそばに　立っている
怖ろしい気配におののいて

夜の庭

「地球は草の香りで迎えてくれた」
四カ月半の長期宇宙滞在から
帰還した宇宙飛行士若田光一さん
気づかなかった答えが身体にしみとおった

母が草を毟る百坪足らずの庭
旅行もかなわなかった父は
「潤馥苑」とひそかに名づけて

借景の立山連峰を拝み
朝夕　なにかを考えながら眺めていた
ふつふつとこみあげる思いを
宥めるように草を毟っていた母

月夜の碧青の光に浮かぶ庭
主のごとき松　泰山木　一位の木
ことしもたくさんの実が生った梅の老樹
百日紅　金木犀　つつじ　灯籠の陰の山茶花
粉雪の花が匂っている柊　羅漢樹
深い翳りに潜む記憶の数々を
星座を繋ぐように
風が呼び覚ましてゆく
水甕に落ちる雫の響き
遠い日の文字盤に触れて
囁く樹々よ
逝ってしまった家族より

ながく住み続けるあなたたちに
目を伏せて伝えたい
底知れない不安と苦痛の日々を刻んで
奇蹟のように生まれ　まだ五十日の家族を
どうか見守って欲しい　と

うた（涙そうそう）

ゆったりと
波打つように
ひびいてくる
かすかな　低い声で
身体じゅうを耳にして
聴き入った
温かい血が巡るように

わたしの身体を
声は　通ってくる

伝えられた　二歳になったとき
言葉を話せないかもしれないと
暗闇へ投げ込まれ
どのように受けとめていけばよいのか
幾度もわたしたちは試されてきた
半年前は　命が危ぶまれた
六歳になっても鸚鵡返しでしか話せない
あの子が歌っている

群れから離れ
深い海溝の岩陰に
身を潜めている魚のように待っていたのか
射し込むひとすじの光を

ゆったりと
波打つように
ひびいてくる
歌詞も間違えず
正しいリズムで　踊りながら
わたしの身体を　うたは通ってゆく

約束

二十年後　あなたの誕生日に逢いましょう
秋の彼岸に生まれたから
御廟へのぼる坂道には
彼岸花が咲いているでしょう
優しい眼差しの青年になっているのね
わたしはこの世にいないけれど

逢いにいくわね
諏訪神社の境内に
千年以上も立ち続けている大欅の下を通って
（昔は　漁に出た船が目印にした木よ）
紅葉しはじめた葉が浜風と話すのを聴きながら
子供の頃から彦助の浜と呼んできた浜辺へ
きっと　わかるよ
砂浜に腰を下ろして
水平線を行く船と
立山連峰を見ましょう
言葉をうまく話せないあなたが
はじめて歌って驚かせた
「涙そうそう」を一緒に歌おうよ
新幹線の二時間は無理とドクターストップだった
　から
ことしも連れてゆくことができなかったけれど
その頃は元気で旅行もできるでしょう

わたしのお母さんも大好きだった浜辺
わたしたちの魂が帰るところ

あの頃
浜辺へ逃れて
B29の空襲に震えていたのは七歳のとき
いまのあなたより一歳幼かった
そのようなことが起こらないように
その日が穏やかな秋の日であるように

八月の夜

中学生の夏
嫁いだ姉の家族に招かれ
神通川の花火大会に行った

笹舟で中洲に渡って
豪華な花火を楽しんでの帰り
酔っていた前の船頭が
迫る巨大な橋脚に気づいたときには
わたしたち九人と二人の船頭
全員が急流に放り出された
無我夢中でもがき泳いで中洲にたどり着いた
八カ月の身重だった姉も無事に
けれど
親戚の五歳の男の子が見つからない
暗闇を絶叫が破っていた
「網を張ってくださーい」
「シンペイ！　シンペーイ！」
真っ先に流れに飛び込んでいった
よし子さんは泳ぎが達者だった
後から流れてきたシンペイちゃんを下流で捕まえ
ていた

警察のジープに乗せられ
誰も死なずに姉の家に帰った

その夜は
何度も水の底に吸い込まれてゆく恐怖で
身体があつくほてって
一睡もできなかった

梅の木

何歳になったのだろうか
草を生やす厚い苔に覆われた幹
無数に枝分かれした枝々
実家の庭の年老いた梅の木
洞のなかに　聴いてきた歳月の
遠い海鳴りが響いている

玄関先のその木の下で
賑やかに　記念の日は撮られ
ひえびえとした青春　佇んでいたことも
木に来る鳥たちを懐手して見上げていた父
嫁ぐ朝　肩に触れた枝の感触をいまも覚えている
梅雨の葉群れに生ったふくよかな実は
母の手製の梅干しにされ
ロサンゼルスに住む妹もとへ
海を越えて　送られ続けた

母が亡くなり空き家だった頃
誰もいない家を見に行った私に
かけ寄ってくれた微かな香り
胸にこみ上げた　満開の白い花
根はどんな土に深く繋がっているのか

去年　雪で折れ下がった枝を支えておいたら
縛られたままの枝先にも花を咲かせた

梅の木の夢路に
通り過ぎていった家族の影は
映ることがあるのだろうか
雪晴れのきょうは　立春
びっしり並ぶ赤い蕾が息を整え
呼びかけを待つ瞼のようだ

炭籠

実家の納戸から
昔使っていた炭籠が出てきた
どんな職人が拵えたのだろうか
形は少しも崩れていない
底が四角で　上部は丸い
細い竹を黒く染めて編んだ軽い炭籠
いつも父が座っていた大きな火鉢の傍にあった
炭籠
父の淋しさが蹲っているようだ

今日か今夜だろうと
病室に十数人の親族があつまり
ロサンゼルスから末娘と三歳の孫もきたのを
薄目をあけて見て
「みんなそろたがなら　死んがやめた」
最後の冗談をいった父――
姑に呼び返されて私は帰り
翌日の旅立ちを見送れなかった

撫子

「いつか家持がゲーテのように
世界の人々に知られるようになるといいですね
え」
隣りあった国文学者は
サラダに添えられた撫子の花を
すっと口へ運ばれた
「これは食べられるのですよ」
わたしも食べてみる
マイケル・ロングリー*夫妻を囲む夕食会

大きな体格で物腰の優しい
ロングリー氏の翳る瞳
きのうの講演と朗読が
また　波のように寄せてきて胸を打った

北アイルランドの詩人　マイケル・ロングリー氏
第一次世界大戦時に若き兵士だった父について
私の十一冊の詩集すべてに父が出てきます　と

ノース海峡からの風に吹かれたであろう
ロングリーの詩「戦没者の墓地」の撫子やルリハ
コベ

　秋さらば見つつ思(しの)へと
　妹(いも)が植ゑし屋前(やど)の石竹(なでしこ)咲きにけるかも
と万葉集に詠った家持
日本海に臨む富山湾の
いつも通る海辺の道に咲く撫子

時空を超え
小さな花たちが瞬く

＊　大伴家持生誕千三百年を記念して富山県が創設した大伴家持文学賞第一回受賞者。

音色

詩人は
講演の終わりに
郷里の母をうたった詩を朗読し
何年ぶりかで家を訪ねたことにふれ
「そこに、あったのですよ」と
おもむろに
包まれていたものを白い布のなかから
慈しむように出して
マイクにむかって揺らした
黒い鉄製の風鈴だった

会場に流れた
澄んだ深い音色は
瀬戸内海に面した故郷
詩人の家の軒先で鳴っていた音
家族を見守ってきた音色

わたしの胸のなかに
月夜の生家の縁側がみえ
遠い日の父とわたしが黙って
螢の舞う庭を見ている
風が思い出したように
風鈴を鳴らしてゆく
それぞれの寂しさを
響かせて

躍る布袋

夏になると掛けられる
白雨の「躍る布袋」の軸は
いまも実家の座敷に掛けてある

駆ける馬に跨って
両手をあげ躍っている布袋の豪快な絵だ
手前には重そうな袋
父の会社はホテイ製薬だった
もしかしたら父が依頼したものだろうか
白雨とその絵を愛していた

枯れた筆跡の白雨の言葉が添えられている
わたしに読める文字は
　七福神　御食料

トラホームにかかり失明の不安に悩んだ時期
老荘の教えに傾倒し
寒山の詩集をすべて書写し
良寛禅師の文字を必死に学んだという
手術して視力は回復し絵を描き続けたが
東京に家族をおいて
郷里の富山で仙人のように暮らした

孤高の日本画家
濱谷白雨展の記事が目に止まった
「無名で終わっても　父は祖父をずっと尊敬し
　ていた
　その思いを遂げたかった」と
白雨の孫である麻希さん麻利さんたちが企画され
たという
濱谷白雨没後五十年展の記事は
一度も会ったことのなかった親族とわたしを繋い

だ

次の年の秋　小春日和の日にわたしたちは
六十五年余り前　（昭和二十年代）
白雨と父がたびたびお酒を酌み交わした
同じお座敷に白雨の軸
「白鷺と蓮」「滝」「躍る布袋」をひろげ
遠い親戚のように集まった

そのとき　庭に十数羽の羽の青い鳥たちが
急に集まり木々や水鉢にぱたぱたと羽搏き
驚いてわたしたちは縁側にでてみた
あれは亡くなった人たちだったろうか

磁石に吸い寄せられる砂浜の砂鉄のように
うずたかい歳月の砂礫から
白雨の絵に魅せられてきた
こころが集まる

* 濱谷白雨…一八八六年　富山市四方町に生まれる。東京美術学校（現東京芸大）を卒業した翌年、文部省美術展覧会（現在の日展）に初出品した作品が入選。横山大観から創設間もない日本美術院展覧会（院展）への参加を誘われたが組織に縛られるのを嫌い、表舞台から姿を消した。

帰ってきた『獨樂（こま）』

会が終わると
待っていた一人の女性から
ブーケと詩集を渡された
懐しい高野喜久雄詩集『獨樂』だった
ほっそりした可憐な娘さんとお母さん
我が家を訪ねてこられたことがあった
あれから四十年が過ぎたという

詩集を貸してあげたことも忘れていた

薄い和紙に包まれた詩集は
赤茶けてぼろぼろ　いまにも崩れそう
取り出して　表紙をめくったら
溜息をつくように　ちぎれた
長い旅から帰って安堵したのだろうか

渋谷の宮益坂
大学女子寮の近くにあったから
詩集専門の中村書店へよく通った
中村書店が発行した唯一の本だ
黒い表紙に垂直に立つ獨樂の断面図
裏表紙には回る獨樂を真上から見た
白い四重の円

　如何なる慈愛
　如何なる孤独によっても
　お前は立ちつくすことが出来ぬ*

独りで立つことができぬまま
歳月は過ぎてしまった
思いもかけない方角からも
見えない手に投げられ
なにひとつ確かなことを記さないまま
回る渦に運ばれて

* 高野喜久雄の詩「獨樂」より。

モスクワ川

あれがモスクワ川よ
飛行機が着陸しようと降下しはじめると

友が指さす
はじめてのロシア
彼女は五十年前
新婚旅行でソビエトに来たのだという

モスクワからサンクトペテルベルクへ
乗り継いで
噴水が百四十もあるのよと聞いていた
美しい庭園ペテルゴーフで
数秒の間にはぐれてしまった
目の前で掻き消えた我がグループ
ロシア語などちんぷんかんぷん
未熟な英語が通じるわけもなく
でっぷり太った女係員はつれなかった
いかつい大男が入口を通してくれたが
眼下に無数の金色彫像群から水が噴き上がり
人々の群れが蠢いていた

華麗な噴水は虚ろな水しぶきと化し
これではとても探せない　バスへ戻ろうと思った
　とき
「いけださーん」と日本語の呼び声
駆け寄るグループの人

「ほら　バルト海よ」といわれても
動悸は治まらず海は色を失って見えたが
ホテルに帰って地図を見て驚いた
なんという遠くまで来てしまったのだろう

窓の外は白夜だった

ロシアの原野をゆく

バスの窓からは

数多くの廃屋が過っていく
毀れそうな歪んだ窓々
見捨てられた村だろうか
虚ろな瞳で過去をみているようだ

それが過ぎると　広い草原がどこまでも続く
あれが地平線だろうか

去年の秋　ロマンチック・ロシア展で見た
ステパーノフの絵『鶴が飛んでいく』の
広大なロシアの大地と
帰ってゆく鶴たちを見送る
農家の子どもたちのうしろ姿が甦る
冬毎に　ふるさとの田尻池に
シベリヤからやってくる白鳥たち
遠い日　映像の淋しい群れに誘われ
息苦しい日常から車を走らせ
白鳥に逢いに行ったことがある

ガソリンスタンドで道を訊いてもわからない
田圃のなかの小さな池だった
遥かな距離を
どんな合図にむかって翔ぶのか
もしかしたら　この大地の続きに
あの白鳥たちの棲む湖があるのかもしれない

丘は見えてくるだろうか
聖堂の鐘楼が現れてくるだろうか
トレチャコフ美術館にある
シーシキンの『正午　モスクワ郊外』に広がる
ライ麦畑に降り注ぐ夏の光が
果てしない草原にあふれてゆく

野火

森の彼方
妖しく　渦巻くものが
野火となった

草の匂い
夥しい影たち
呼びとめる　せせらぎ
追いかけてくる蒼白の満月

あの夜
みえない大きな網を投げたのは
誰だったのだろう
一瞬　宙に翻った弧に絡め
捉えられて

逃れてきた愛し合うふたり
愛する人からも
逃れられない
さみしい
愛とともに

＊　ロベルト・ドアノーの写真「恋人たちの逃亡」に。

たまの帰宅

ゆうべ　夢のなかへ
ふらりと帰ってきた
猫のたま
このごろは母も訪ねてはくれないのに
喉を鳴らしながら

わたしのふとんのなかへ入ってきた
左腕を伸べてやると　枕にして
わたしの胸に手をかけるのも
昔のままだ
五十年あまりも　何処へ行ってたの?

器量よしのたまは
我が家にいた九年のあいだに
四十五匹も子猫を産んだ
子猫が少し大きくなると
一匹ずつ咥えて近くの会社の倉庫のあたりへ運んでいた
雪の降る夜　おなかの大きいたまが嫌がるのを
無理にぎゅーっと抱きしめて眠ったら
夜中にふとんのなかでお産が始まったこともあった

年とって　ある日　忽然といなくなったが
猫は人目につかないところで死ぬんだよ　と
父は言っていた
でも　生きていたのだね
温かいすべすべしたからだ
冷たい鼻　安心して眠るお前

気にかかるYの未来を
心配しなくてもいいのだ
たまでさえ帰ってくるんだから
いつか　あちらへ逝っても
訪ねてゆくよ
夢のなかへ

舟

ゆうべは中秋の名月
今夜はスーパームーン
月光が冴え返り
身震いする蒼白な風景
家も樹も虫も黙ってしまった

幼い頃　初めて覚えた折り紙は
姉が教えてくれた
丸木舟のような　舟
折鶴はいまもおぼつかないが
舟は　矩形の紙でも
なお　すらりとした舟になる

うねる芒の蔭を流れ
舟がゆく
ほどけない悩みを
束にして積んでゆかせよう

どこへも出せない苦しみを
こらえて　嗚咽を抑え
張り裂けそうな思いを
宥めていないで
どうか　いつでも
あふれさせてください

なにもしてやれない
哀しみの表面張力に
月の光が射している

初日

かすかな響きが走り
風がすばやく
曙をほどいてゆくと
ういういしい光は
ほのかに空をうるませた

くりかえし夜明けは訪れるのに
初めての誕生を待つようだ
胸の底ふかく
陽は射しこむだろう
見失いかけたもののかたちを
鮮やかに浮かびあがらせて

沈黙

水の弓は
残酷にひきしぼられ
振りむくだけで罅（ひび）われるかもしれない沈黙は
深く　かがやいて
凍った湖が
音たてて　もりあがってゆく
おみわたりのように
胸を裂こうとしていた
盲いた海へ
まっすぐ　放たれた矢は
いまも
思念の空を
翔びつづけ

あの時
わたしを通過していったものの余韻が
歳月を超えて
ふいに　甦る

海

ひとは　なぜ
あなたに母を憶うのだろう

生まれるずっと以前から
あなたの羊水に揺られて
聞いてきたのだろうか
その声　その言葉を

大きなやすらぎ

海よ
そばにいると
かたくなな心はほどかれ
あなたの鼓動に響きあう

まだ誰も見たことがない
月よりも遠いあなたの胸の奥に
魂をよびよせるふるさとが
光を放っているのだろうか

忘れないでいよう
水の惑星に棲む
ふかい　よろこび

曙

夜明けは
合わせ鏡にも
朱鷺色に雲を曳いた

鳥がよぎってゆく

ふかぶかと　ひかりながら
音もなくうねっている芒の波
あの蔭から
舟を出して
霧の中を漂っていったものは
まだ　帰らない
錯乱の沼は
消えてしまったのに

早川先生

初めて行った埋蔵文化財センターで
――やーぁ池田さん　と手をあげる人がいる
中学の時の一番苦手だった数学の先生だ
ボランティアで教えているのだという
縄文ペンダントの作り方など
先生の胸元にも浅緑の平らな石のペンダント
五、六人の子供たちが石に穴をあけている
縄文人のやりかたで火を熾している学生も
――よく会うね
ほんとうに不思議だ　三年前は電車の中で
行き先も同じ桜町遺跡の縄文シンポジウムを聞き

に
誰がしているのだろう思いがけない出会いの合図
を
——以前金岡邸へ行ったとき
記帳しようとしたらあんたの名前の次の次だっ
たよ
埋蔵文化財センターに早川コレクションがあった
父君早川荘作氏寄贈の考古学資料である
『越中考古学行脚（父　早川荘作の伝記）』に詳し
い
わたしも習って　火を熾してみた
煙はでたけれど炎はついに出なかった
難しい数学のようだ
お年玉年賀ハガキで二年連続二等賞が当たったと
いう
二〇〇一年はデジカメ
二〇〇二年は折りたたみ自転車だったそうで
統計上では二等当選が二年連続となるのは
十万分の一×十万分の一で百億分の一の確率と
数学の先生らしく教えてくださった

商品を頂戴したことよりも
天体望遠鏡にうつるあの無数の星群の中の
ひとつの天体にうまく巡り会えたという
超現実宇宙旅行のような奇蹟を
実感できたことのほうが貴重な恵みだったとも

春川（チュンチョン）

初めて訪れる韓国江原道の市
春川
小鳥の囀り？

やわらかい日差しを照り返す川だろうか
けれど　ようやく着いた春川は
冷たい風が吹き　夜も更けて
異界へ抜ける井戸のような
満月だった

翌日　目覚めると
たちこめる霧の中から
山々に囲まれた湖が現れてきた
そのほとりの「芸総会館」で
文学について語り合った
江原道の詩人　作家八人
富山から　わたしたち六人
通訳は小学校四年まで岡山で育った
写真家の具春祚(クーチュンチョ)さん
世界で唯一つ言葉の誕生がわかっているという
ハングルだが

ちんぷん　かんぷん　記号のようだ
国境もなく　言葉もいらない
音楽よ　美術よ　舞踊よ
うらやましいぞ
目を凝らし　耳を澄ますと
ハングルは磁石にくっつく砂鉄のように動いた
日本語のできる裵(ベイ)さんが
ときおり具さんをたすけて
シンポジウムはつづけられた
詩人金南祚(キムナムジョ)の詩や
東京で聴いた世界詩人祭の講演のことを
わたしが話したとき
やさしいものがさざ波のようにつたわった
彼女の詩のように

永瀬清子さんと黒部峡谷を行く

その日の黒部峡谷を生涯忘れないだろう
九月一日、詩人永瀬清子さんと私達三人は黒部峡
　谷鉄道に乗った
コバルト色のブラウスのポケットにマリンブルー
　のチーフをのぞかせ
「鐘釣まで行きましょう」
トロッコ電車に並んで腰かける
バッグの中には旅館でもらってきた白髭草が手帖
　にはさまれて入っているはず
垂直の直下を流れる黒部川
黒薙、出平、猫又
トンネルを抜けるたびに
陽射しが透明になってゆく
「昔、電気技師だった父は宇奈月の発電所へよく
　通ったんですよ、大正の頃だけどね」
カーブを曲がるとやわらかな体温が伝わり
「わたしは濁ってあたたかい土……」とうたった
　この人の詩が甦ってくる
大いなる樹木のような詩人から　ふりこぼれるた
　くさんの生命(いのち)あふれる言葉、力こもる思いが埃
　まみれの私の魂を洗いつづけている

あ、黒い蝶が美しい落としもののように
吊り橋の下へ吸いこまれてゆく
崖の上にもう秋の炎を燃やしているのは
深山時雨だろうか

万年雪の残る鐘釣駅に降りると
太陽につつまれる鐘釣山を仰ぎ
ひとつのベンチに肩をよせて
渇ききった赤子のようにその人の言葉をむさぼっ

た

火星の近づく夜
ひそかな決意は
ひかりに濡れながら
河を遡った
記憶の谷間をおおう木々が
いっせいに樹液を立ちのぼらせ
深く語りあう闇を
さらに遡ると
貝むらさき色に沈められ
永く堰き止められていたものが
天の明かりの方へ
激しく波立っているのがみえる

（テレホンポエムのために）

田圃の道

追われるように
くぐり抜けてきた歳月
何をみて走っていたろう
現像液のなかに現れてくる像のように
風景がしみいる色を帯びてきた

田舎ではどこへ行くにも車
背戸を走っていた射水線が廃線になって久しい
富山市へは混雑する八号バイパスへ出ないで
稚児舞の「胡蝶の舞い」や
流鏑馬（やんさんま）で知られる下村加茂神社のある
加茂の信号を左に折れてすぐ右に曲がると
真正面に聳える立山連峰にむかって
匂いたつ本をひらいたように

水田をまっすぐ分ける田圃の道
海を感じる左側はるかに海岸のまばらな松もみえ
右側車の犇くバイパスのむこうは呉羽丘陵
遠く見渡せる平野の道に
ひとりの心がほどかれる
水底の錘（おもり）のような日々にも
気づかずに癒されていたのだろうか
景色が滲むのはこの道だった

ひよひよと苗がそよぐ光る水田
草色の風の渡る暑い夏
轟く雷鳴に逃げ場のない道
稲穂からゆったりと羽ばたく白鷺
飛び交う赤とんぼに速度を落とす秋晴れ
霙は淋しさにしみとおり
白い闇にまかれる吹雪
めくられる四季のページに
吸いとられていった切ないしみ
かすかに漂う潮の匂い
蜆ケ森貝塚に近いこのあたり
縄文の昔は海だった
悠然とナガスクジラも泳いでいた

夕暮れ家にむかえば炎える落日にみつめられ
夜更けて走ると
暗い野の裾にスパンコールが瞬く
歓びや苦しみ
哀しみや安堵　生も死も
懸命に灯して

夕爾の手紙

踊るように揺れる木々　ざわめく葉

波打つ草叢　風が走る
映画『パラダイス・ロスト』
生まれる拠りどころとなった言葉が流れる
原民喜の短編小説「心願の国」に続いて
木下夕爾の詩「死の歌」
　僕はまもなく死ぬだろう
　………
　自分を抱いていた地球を
　別な愛のかたちで抱く

思い浮かばなかった
死後の世界から見つめる地球

木下夕爾からもらった
一九六四年二月十日付の手紙
第一詩集『風の祈り』への礼状

裏葉色の和紙の封筒　肌色に朱の罫線の原稿が四
　枚
ブルーインクのスマートな筆跡
上下の文字を入れ替えるSがある
（左手に持って揺り動かすとキュッキュッと音が
　して
　上等の新しい靴の音か　五月のルナ・パークの
　誰もいないブランコの軋る音のやうだ……）
初めて手にしたときの震えが蘇る
未知の者への励まし

五十七年後のいま
いっそう響く肉声で語りかけてくる言葉
忘れられた暗い草叢を瞬く螢のよう
わたしはこの手紙のように
何かを差し出してきただろうか

強く　抱きしめてください
気候変動にあえぎ
ウイルスに重く病んでいるこの地球を

＊　福間健二監督映画『パラダイス・ロスト』。

ぽーちゃんの金木犀

なにが触れていったのか
失くした記憶を甦らせて
十月の終わり　微笑みながら逝ったという
由来は忘れたけれど
学生の頃から　ぽーちゃんと呼んできた

大学女子寮の六畳間にふたり
リルケの詩が好きだったわたしたち
「〈オレンジを踊れ。〉がいいよね」
「リルケは薔薇の棘がささって
それがもとで死んだのよ」
まるい瞳をもっと大きく見開いて
ぽーちゃんは　うっとりといった

それぞれ結婚して　新潟と富山に
会うこともなくなった
詩集『遠い夏』を上梓した一九七七年　秋
あなたからお祝いに金木犀の苗木が届いた

庭の金木犀は年毎に大きくなり
二階のベランダを超える大木に
豊かな葉のきらめき
南側の枝は鳥たちのカフェになり
花咲く香りに秋を味わってきたが
去年は橙黄色の花がびっしりと咲き

ガラス戸を開けると待ちかねたように
どっと　澄んだ香りが部屋に入ってきて
施設にいるぽーちゃんを想っていた
あれは別れの挨拶だったの？
恐ろしい能登半島地震に　遭わなくてよかったね
海辺の我が家　松　金木犀が激しく揺さぶられ
灯籠は崩れ　本棚が倒れ　必死に逃げた
津波警報に追われて

待ち伏せている災害　終わらない戦争
ただ　祈るだけ

また　会いましょう
宮益坂を上り　木立なかの女子寮で
金木犀に　めぐる秋を知らせてもらって

響きあう

夕ぐれには
魂も帰ってくるのだろうか
気配にふりむき
声にたちどまって
あたたかい光に包まれる

わたしたちに降り注がれる
豊かな光だろうか
よみがえる　記憶
みちびいてゆく深い言葉
忘れられない笑顔
みえない楽器となって
生きる歓びを
奏でる

夜が青紫色に息づくと
月が　呼びかけ
満ち潮となって
海が応えるように

魂よ
わたしたちは
いまも　気づかずに
響きあっている

エッセイ

忘れえぬ街

日に一度はテレビの画面に出てくる渋谷スクランブル交差点。コロナ感染症の発症人数と共に。マスクをした大勢の人々が行き交う。

この交差点から宮益坂を上って右折したところにかつて青山学院大学女子寮があった。昭和三十二（一九五七）年から四年間そこで過ごした。東急文化会館が出来たばかりの頃でプラネタリウムや映画館の贅沢なシートが嬉しかった。渋谷駅前に大盛堂書店、フルーツパーラー西村があった。

木立のなかの木造二階建ての寮。六畳の和室に二人。寮母の山田初枝先生と寮生九十人。門限八時、消灯十一時。学院への大通りへ出る角、交番の向かい側に詩集の古書店「中村書店」があった。背表紙を見ているだけでもよかった。拙詩集『星表の地図』の「帰ってきた『獨樂』」はこの書店で求めた高野喜久雄詩集『獨樂』（一九五七年　中村書店）である。中村書店はこの詩集の版元でもあった。

同じ釜のめしの寮生は遠く離れていても川をのぼる鮭のように心が今はない寮へと帰ってゆく。

二〇一八年十一月。渋谷、Ｂｕｎｋａｍｕｒａザ・ミュージアムで開催された「ロマンティック・ロシア」展は忘れられない記憶となった。

その夏、大伴家持生誕一三〇〇年記念式典が富山県民会館ホールで開催され、高志の国文学館と富山県が創設した大伴家持文学賞（第一回）がアイルランドの詩人マイケル・ロングリー氏に贈呈された。パネルディスカッション「世界の詩歌　日本の詩歌」では、ロングリー氏の詩の魅力や人はなぜ詩を必要とするのかなどが語られ、選考委員で東京大学名誉教授松浦寿輝氏は「詩は一種のお守り、自分の中にとどまり続け時折記憶の中から呼び起こされて私たちを励ましてくれる。万葉歌人のなかでは繊細で陰りがある家持が一番好き」と話され、選考委員でコーディネーターの名古屋外国語大学学長亀山郁夫氏は「家持は歌に優しさが表れ、現代人の弱り切った心をそっと慰めてくれる」と応じられ、最後にロシア語の詩を朗誦された。私はロシア語を全く知らないのにその声と響きに、美しい音楽のように打たれた。

ゆうがた、ホテルでの祝賀会で初めて亀山郁夫氏にお会いした。「どんな詩を書いているの？」と尋ねられた。後日、読んではもらえないと思いながら詩集をお送りするとすぐにメールを頂いた。今、依頼されている国立トレチャコフ美術館所蔵作品の「ロマンティック・ロシア」展の序文に池田さんの一行をエピグラフとして使わしてもらうとあり、とても驚いた。どの一行ですか、とお聞きする勇気はなかった。お気持ちが変わられたかも知れないと思っていた。

それでもイワン・クラムスコイの《忘れえぬ女(ひと)》やシーシキンの絵を是非見たいとオープンの勤労感謝の日に夫と出かけた。「ロマンティック・ロシア」展は大勢の人々で混みあっていた。ロシアの大地、風景、イワン・シーシキン、イリア・レーピン、クラムスコイなどの絵に見入り感動していた。帰りに図録を買いホテルへの途中デパートのめがね売り場に寄った。待っている間に豪華な図録を開いて声を上げそうになった。亀山郁夫氏の熱く胸に沁みるエッセー「黄金のロシアに、われも、あり」にヨシフ・ブロツキーの「生命は、丘、また丘」の詩行と並んで恥ずかしそうに「黄昏は、神の睫毛」の一行が載っていた。それは詩を書き始めた二十代の詩「黄昏」の書き出しの実際は二行。拙い詩に半世紀余りも過ぎて訪れた僥倖だった。忘れえぬ日となった。

温胎の時間

詩人堀口大學先生の文化勲章受賞祝賀会が一月十五日都内の帝国ホテルで約三百五十人が集まって、盛大に行われた。昨年、同じ会場での米寿祝賀会に続いて再び忘れられない感動的な夕べであった。会場へ行こうと廊下へ出たとたん、ぱったり堀口先生に出会い、直接お祝いを述べ、同じエレベーターに乗り合わすという思いがけない幸運にも恵まれた。遠い所からよく来てくれましたね。これが娘婿の高橋ですと、連れだっていらした令嬢すみれ子さんのご主人を気さくに紹介して下さり、「文藝春秋」のグラビア拝見しましたというと、「ああ、孫たちと一緒の……あすこに孫たちも来ているのですよ」と実にうれしいお顔をなさる。柔和で男らしい立派な風姿は八十九歳とはとても信じられないお若さである。

会は、入江相政、河盛好蔵、吉田精一、田中冬二各氏の祝辞、舞台では狂言、仕舞、独唱、コーラス、琴などが披露された。堀口先生は「小さなことを気長にやってきただけです。……いまこの部屋にみなぎる空気はポエジーそのものです。いつも詩を書き終わると、これでもう書けないのではないかという思いにさせられる。詩を書くことはミューズにおねだりする乞食（こじき）のようなもの、みなさんが私の乞食芸を愛して下さってありがたいことです。これからもこの気まぐれなミューズに仕え書きつづけていきます」と謙虚に語られた。

お祝いのスピーチをされた井上靖氏は、堀口先生の親友だった佐藤春夫先生が生きていらしたら、きょうの日をどんなにか喜ばれたでしょう。昨年、生まれ故郷の旭川を初めて旅行し父母が住んでいた家を探し歩きながら、若い母のお腹の中で自分もこの街を歩いていたんだなと堀口先生の「温胎の時間」という詩が思い出され、当時の若い母が赤ん坊の私を呼んだ声はどんな声だったろうと、堀口先生の「母の声」という詩が重なるように思い出されたと心をこめて暗唱された。私は目がうるんできて困った。「温胎の時間」は昨年の米寿祝賀会の出席者に配られた詩集『慈念抄』にある詩で、

母よ　その貴い時間は
本当にあったのですよ！

あなたの心臓と　僕のそれと
ふたつの心臓が
呼び交し鼓動し合った
その貴い時間は
母よ　母よ
…………

また、私のもっとも好きな詩の一つ「母の声」は堀口先生が五十歳のころの作で、三歳の時に亡くされた母がむしょうに恋しくなり、せめて声だけでも聞きたいと思ったという。いまなら母の姿は十六ミリに残せたであろうし、母の声はテープが伝えてくれたであろうに、そのどちらもなかった未開の時代を僕は恨んだと文に書いておられるが、それだからこそ、このすばらしい名作が生まれたのであろう。未開の時代であったことを喜ばずにはおれない。

母よ
僕は尋ねる
耳の奥に残るあなたの声を
あなたが世にあられた最後の日
幼い僕を呼ばれたであろう最後の声を

三半規管よ
耳の奥に住む巻貝よ
母のいまはの　その声を返せ…

『慈念抄』にも、このたびいただいた詩文集『ははこぐさ』、そのどちらにも、老いてますます慕る亡き母へのひたすらな熱い思いがあふれて胸にしみる。母という言葉の重さ、身のひきしまる思いで反省させられた。

息づく四季と暮らし
――澄んだ純粋なまなざし

すぺいんささげの鉢を
外へだしてねてもよい頃となりました

（「春」）

毎年、柔らかい春の日差しを感じた最初の日におもわずひとりごとのように出てくるフレーズ。ひらがなのすぺいんささげのイメージとその響き、実在しないすぺいんささげがほんのりと明るいうれしいひかりを私の胸に点す。それは霙（みぞれ）が降る日から始まる永い冬を耐えてむかえる春の歓びを実感するフレーズである。田中冬二先生の詩によっていっそうくっきりとした輪郭と深い味わいを与えられた日本の四季が日常の暮らしのなかにいまも新鮮で洗練された姿を繰り返し現わすようだ。そしてそれはどれもからだごと実感出来るところが大きな魅力と思う。

秋になつた
湖水の鱸（すずき）の美味（うま）いころとなつた
秋の星座をうつした　しづかな湖水に
鱸はかなしくも美味になつてゆつた
（「松江」）

暗い北国の海
オリオン星座は
烏賊（いか）を釣つてゐる
（「親不知」）

が思いうかぶ季節である。澄んだ純粋なまなざしで掬われ凝縮された清冽な詩はぷれんそおだ水のようにしみいり、日本の風土に溶けこんだ端正な木造建築を目にしたときのような懐かしさと安らぎを覚える。田中冬二先生の父の実家が富山県黒部市生地（いくじ）であることから北陸線の小さな町、能生（のう）、梶屋敷、糸魚川（いといがわ）、青海（あおみ）、親不知、市振、泊、入善や黒薙温泉は詩にうたわれて永遠の名を与えられた。

当時の男性には珍しく気軽に台所に立ち料理も上手だったのではなかろうか。食物に対する深い愛情、味覚や匂いへの繊細な感覚は特別のように思える。その詩によって全く違った評価とイメージを獲得した食物がたくさんある。

〈さうめん　広重の海に雨〉〈麨（むぎこがし）　里は土用の炎天〉
〈しその葉　母の手〉　〈うど　田園の憂鬱〉
〈女の蹠（あしうら）がほんのりとさくら餅の色だ〉

匂いで感嘆しているのは「菊は霜に傷（いた）み、硝子（ガラス）戸の中、花の吐息（といき）はひつそりと杏仁水（きょうにんすゐ）の匂ひのやうにさびしくこもつてゐる」（菊）の杏仁水である。杏仁水（鎮咳去痰剤）の独特の匂いはまさにさびしい。父母を早くに亡くされた田中冬二先生には幼い頃から水薬のさびしい壜は身近なものだったのかもしれない。

　私は田中冬二先生に五、六度お目にかかる機会に恵まれた。詩集をお送りするたびに丁寧なお返事もいただいた。昭和三十六年に河合紗己主宰の「詩苑」の会員となったが、「詩苑」四号の巻頭は田中冬二先生の「黒姫の雪」であった。初めてお目にかかったのは昭和三十九年、「詩苑」の詩画展を六本木のギャラリーへ見に来て下さった時で、この折詩集『晩春の日に』にサインをしていただいた。私の郷里が富山ということで大変懐しがられて、生地のたなかや旅館を一度訪ねるといいですよと名刺を書いて下さった。当時私は八王子に住んでいて豊田にお住いだった田中冬二先生と偶然電車でご一緒になったこともあったがやさしい父親のような温かい雰囲気だった。

　忘れられない思い出は拙詩集『砂の花』の出版記念会に出席して下さったことである。私は昭和四十年に夫の開業のため富山へ帰ったが昭和四十六年に第二詩集『砂の花』を詩苑社から上梓した。詩からも遠く田舎で忙しい生活に追われている私を励まそうと師河合紗己夫妻と「詩苑」の仲間が京王プラザホテルで詩集の出版記念会をして下さった。当日は今考えても信じられない方々が集まって下さった。それは河合紗己先生のご配慮とつながりによるものであった。現代詩人会会長だった田中冬二先生は折悪しく重なった「四季の会」を中座して出席して下さり、身に余るスピーチをして下さった。テープに残る肉声の一部を……


……私はくしくも池田さんと郷里を同じくする者で私の本籍は富山県の黒部市生地という所です。池田さんは西の方、私は北東で富山湾を直線で結んで私の方からは南西にあたる新湊という港で近くに古くからの港、伏木港がある。私の子供の時分には富山県へ入ってゆくと、親不知を越え右手に富山湾、左手に立山山系、そして富山湾へと黒部川、常願寺川、神通川といったこの近所ではみられない大きな川が流れこんでいる大変風光明媚な所です。……かつて田園風景が豊かだった新湊はたくさんあったトネリコの木々をみんな伐採して工場が建ったとききます。そういう所にいらっしゃるにもかかわらずいい詩を書いていらっしゃることは本当にうれしい。……富山は水力発電が豊富なため工業が盛んで今どんどん自然破壊が進んでいる。これは富山ばかりでなく日本中がそうなのであらゆるところに観光道路が出来、やがて日本は亡びるのではないかとさえ思われる。……池田さんの詩集の中に何篇か立山をうたった詩があるが、これは実にうつくしい。どうかこれからも富山県の美しい自然をずっと詩に書いていってほしい。さっき村野先生はだんごでもぼたもちでも書くようにと云われたが、それにきな粉をつけてもいいから自然を大切に詩に残していってほしい……（先にスピーチされた村野四郎氏の〈……こうしたきれいな抒情詩が富山県に咲いていることがとてもいじらしく、そのことにも打たれた。実はもう少し下手に書いてほしい。西脇さんが講演されていた時に私はエリオットの詩は嫌いだ、何故嫌いかというと彼はぼたもちをうたわないからと云われ、みな笑ったんだが、これは大変含蓄のある言葉でエリオットは文明批評オンリーでそういうものばかり捜しているからいけないのだということで詩人は高次元になると自分の身のまわりのもの全部が詩にならなければならないという考えだと思う。池田さんも下手でもいいからだんごでもぼたもちでもおうたいになるよう……〉という言葉を受けて。）

最後におみかけしたのは昭和五十五年一月の堀口大學先生文化勲章受賞祝賀会であったが、その前年の同じ帝国ホテルでの堀口大學先生米寿祝賀会で「堀口先生と会って話をしてきた日は、ちょうど焼きいもを買って抱きかかえてきた少年のような気持ちで、ほかほか温かいものがいつまでも胸のあたりに残っている……」と話されたことが思い出される。

心惹かれる夕暮の詩二篇、時を超えて涙ぐむ「寂しき夕暮」、何故か旅先のホテルで甦る「美しき夕暮」。

山は美しい夕焼
女はナプキンに　美しい夕焼をたたんでゐる
（「美しき夕暮」）

思索の厳しさ知る旅
――詩歌文学館「自己反省の道」

「あんなにきれいなお祭りをみたのは初めてよ」。前夜のおわらの余韻にまだうっとりするように新川さんはおっしゃった。

去年、こっそり風の盆にいらした詩人の新川和江さん達を翌日、金岡邸に案内する車の中でのこと。金岡邸に入ると小引き出しが整然と並ぶ薬箪笥（たんす）がある。かつて新川和江の言葉の引き出しはどれくらいあるのかな？と若い詩人が訝（いぶか）しんでいたとき「昔の薬問屋の整然と並ぶ小引き出しが目に浮かんだ」と書いていらした茨木のり子さんの文章が私達にいっせいにひらめいて「薬問屋の引き出しですよ」と叫んだ。

近衛文麿の「白雲萬里」の額の下で写真をとると「小さい時近くでお会いしたことがあるの。その時の近衛さんのドスキンの服は私がヨーロッパを感じた最初だった」と話された。

この日いただいた詩集『けさの陽(ひ)に』には「'97風の盆に……」とおおらかな美しい筆跡で署名されてあった。「けさの陽に」の選ばれた言葉、あざやかな手並みの円熟した詩は、詩を読む喜びを深くする。巻頭の詩「シーサイド・ホテル」を紹介すると、

あんなに塩からい水のなかに棲んでいたのに
活(いけ)づくりの鯛の刺身の仄かなあまさ

海中で死に
いくにちも波間に漂っていた魚を
食べたことはないが
それはきっと
きつい塩気が舌を刺すのにちがいない

鰓が動きを止めた瞬間から
魚の体内への
海の浸蝕がはじまるのであろうから

ベッド・サイドの灯りをつけておくと
光がとどくあたりまで
海はおとなしく退いている
だが　スイッチを切ると
機会(おり)を狙っていた巨獣のように
海は闇ごと　どっと雪崩れこんでくる
潮騒が室内に充ちる

わたしの肉は
まだ　少しは　あまいだろうか
それとももう　かすかに塩あじがしているか……
釣りびとの鉤(はり)も
神の菜箸(さいばし)もとどかぬ昏い海の底で

ひとり　身を横たえている夜

そしてこの詩集で本年度（一九九八年）詩歌文学館賞を受賞された。

五月、若葉のきらめく岩手県北上市の詩歌文学館で賞の贈呈式があり、長い間訪ねたいと思いながら行けなかった詩歌文学館へこの機会にと思って出かけた。

名誉館長、故井上靖揮毫の品位ある館名碑。日本現代詩歌文学館の庭に佇った時、この文学館の創設を熱っぽく話されていた故萩原廸夫氏（当時芸風書院社長）や故川村洋一氏（詩人）のことが想い出された。全国に小説など散文を主にした文学館はあっても詩歌専門の総合文学館がない。これをつくりたいという萩原氏、川村氏に、相賀徹夫前小学館社長らが加わり運動を始め、全国の詩歌を愛する人たちの基金、資料で平成二年北上市に完成した。

昭和五十九年七月東京での設立総会で井上靖先生は「これが九州や神戸ではなく東北の地、岩手の北上市に設立されることはすばらしい……私は文学の洗礼は詩によって受けた……」とスピーチされた。白石かずこさんの情熱的な詩の朗読、それはこの文学館に夢をかけた男達を謳ったものだった。三井ふたばこさんは「……オープンが昭和六十五年と聞くと気が遠くなる……」と話されていたことなどが次々に想い出された。

多くの人たちの夢が見事に実現していることをあらためて実感し深い感動を覚えた。贈呈式で現代詩は「けさの陽に」の新川和江氏、短歌は「みどりなりけり」（咲けばはや散るを惜しまぬ白萩の風ありて萩萩ありて露）の築地正子氏、俳句は「秋」（夏座敷棺は怒濤を蓋ひたる）の川崎展宏氏が受賞され、それぞれ個性的な感銘深い挨拶をされた。宗左近氏の特別講演「詩歌の未来」のあと、詩、短歌、俳句の仲間が一堂に集まって迫力の鬼剣舞を見ながら心あたたまるパーティー。翌日、一行はバスで花巻市の高村光太郎山荘、宮沢賢治記念館を見学した。

套屋で保存されている高村山荘は衝撃であった。杉皮葺、荒壁障子一重の窓、畳三畳半のあばら屋である。五月でさえひんやりとしたあの山荘で一人孤独な生活を七年間も送った光太郎。厳しい生活の中で思索していたものは何だったのだろうか。びしっと何かに打たれたような気持ちで林のなかを歩いた。

「ここは自己反省の道ですね。詩人達はみな、くりかえしここに来なければなりませんね」と井上靖先生は言われたという。

北上の旅はうっとうしい日常の闇に開いた花火のようであった。激しく魂に響いて。

歌の翼をもらって

岸辺に

いちまいの　桜の花びらになって
いちまいの　祈りの花びらになって
ことしの桜を咲かせよう

攫(さら)われていった数えきれない命
一度も桜を見なかった小さな命にも
みんな寄りそってここにいるよと
いちまい　いちまいの花びらになって
ことしの桜を咲かせよう

ひとひらの　灯りの花びらをともして
ひとひらの　祈りの花びらをともして
夜の深みの花明かりになろう
たましいが迷わないで帰ってくるように

伝えたい言葉となって舞い散ろう
堪（こら）えている涙となって降りしきろう

降りつもり　降りつもり
土に溶けて　あたたかい大地になろう
木々が芽吹くように　鳥が羽ばたくように
悲しみに耐えて生きるひとたちの
ひとあし　ひとあしが刻まれるように

笑顔がもどってくるように
歌声がきこえてくるように

春がくるたびに

いちまいの　桜の花びらになって
いちまいの　祈りの花びらになって
愛しいたましいを抱きしめ
桜の花を咲かせよう

二〇一一年三月十一日。東日本大震災。被災の惨状を伝える報道に言葉を失った。一瞬のうちに攫われていった数えきれない命、悲しみに耐えて懸命に生きていらっしゃる方々に私は何一つ出来ないと無力感に襲われた。祈ることしか出来ない、言葉はむなしい。詩などとても書けないと思ったが同人誌「禱」の締め切りが三十一日だった。せめて、ひとひらの祈りの花びらになって此岸にも彼岸にも桜の花を咲かせたいという思いをこめて詩「岸辺に」を書いた。「禱」四二号が発送されると多くの詩人からお手紙をいただいた。敬愛する詩人の新川和江先生からは「この詩は作曲してもらうといいわね」と薦められた。

中村義朗（なかむらよしろう）先生（富山大学名誉教授）を通じて宮城学院女

子大学教授のなかにしあかね先生に委嘱した。来年の春頃までならと引き受けて下さった。その頃、なかにし先生が仙台で傷ついた学生達と生きる意味を再構築し、被災地の惨状に息を呑みながら夢中で支援を模索していらしたことを知らなかった。後になって知り、辛い状況のなかで引き受けて下さったこと申し訳なく思った。詩は小杉中学での県民ふれあい公演、江幡春濤（えばたしゅんとう）さんの書（日本女流書展、日本橋髙島屋）や富山市の劇団「文芸座」の小泉博、邦子ご夫妻にハンガリーのザラエゲルセグ市の東日本大震災追悼イベントで桜の植樹、朗読と思いがけない幸運に恵まれた。

二〇一二年三月、待ちかねた曲が届いた。歌曲と合唱曲。心にしみる美しい曲だった。二〇一二年九月のコンサートから始まり、いくつものコンサートで歌曲、合唱曲が演奏され、歌の力を実感している。二〇一三年二月、東京、紀尾井ホールでの瑞穂の会コンサートでは小松由美子さんが独唱。会場が東京なので大学時代の寮友たちとの懐かしい再会もあった。三月十一日、富山市民プラザでの「歌でつなぐ　人と心の　絆コンサート」では客演指揮の菅野正美氏による谷川俊太郎作詞「悲しみは」が演奏され、女性三部合唱「岸辺に」が中村義朗指揮、トヤマアンサンブルシンガーズＡＩによって演奏された。十二月にはロサンゼルスでグレースノートにより合唱され、二〇一四年五月にみなとみらいでも歌われる予定である。拙い詩の身に余る恵みを感謝している。

あの震災から三年が経とうとしている。東北出身の詩人Ｔさんの手紙に「陸前高田にやっと再建されたホテルで喜寿祝いに同窓生が集い、初めてその全てが消えてしまった町の光景を見て言葉はありませんでしたが「岸辺に」という祈りの詩を思い起こしていました」とあり、少しでも寄り添っていけるのだろうかと思った。

昨秋、十一冊目の詩集『岸辺に』を上梓した。全体のイメージから「岸辺に」をタイトルにしたけれど生きてきた日々のささやかなしるしでもある他の詩も読まれてほしいと願っている。

出会いの神秘

富山を旅行された東京のKさんのハガキに「富山は山も川も美しいけれど、平野も美しいところですね」とあり、はっとしたのだった。雄大な立山連峰、大きな川、深い海、ダイナミックな風景にばかり心を奪われていて、目立たない静かなやさしさで私達を包んでいてくれた平野の美しさに気づかないでいたことを恥ずかしく思った。8号バイパスを走ると、行く手に立山連峰が聳え、両側に緑の田園がひろがり、呉羽（くれは）丘陵も見え、遠くに海が光る。珍しい野鳥も多く飛来する。井の中の蛙でふるさと身びいきかもしれないけれど、雪の降る季節が長いとはいえ、美しい豊かな自然に恵まれたこの富山に住めることの幸せを常々感謝している。

そしてこの地に、それも晴れて立山連峰のよく見える日に岡山の詩人永瀬（ながせ）清子（きよこ）先生をお招きできたらと願っている。先生はこの豊かな自然をどのように受けとめて下さるだろうか。永瀬先生は八十二歳、詩集『あけがたにくる人よ』で最近、地球賞と現代詩女流賞を受賞された。この（一九八八年）五月八日の母の日は忘れられない日となった。朝突然、金沢の友人より電話があり、永瀬先生が今日いらっしゃるとのこと。その夜、福井からの二人とともに、永瀬先生を囲んで心満ちた会食となった。話される重みのある言葉ひとつひとつが心の空白を埋めてゆき、お会いする度に深く惹かれてゆくのを覚える。私は偶然にも十日ほど前、新聞の随筆に永瀬先生の『あけがたにくる人よ』の朗読のことを書いていたので、それをお見せしたところ、その随筆の堀口大學の詩、〝古風な幻影〟の一節（夕ぐれわれ水を眺むるに／流れよるオフェリアはなきか?）と口ずさみたいところであるという箇所を読んで、「堀口先生はね、こんな風に朗読されましたよ」とゆっくり抑揚をつけて真似された。

それはいつ頃のことですかと私、「昭和十二年、共立講堂でした。千家元麿や佐藤惣之助も朗読したんですよ……」。五十年も前のこと、記憶の凄さに驚く。宮沢賢治の死後、「雨ニモマケズ」の手帳が発見された時も、そこに居合わせたとか。「私は賢治の言葉通り、ヨクミキキシワカリソシテワスレズだったから」と云われたが、堀口大學の朗読を永瀬先生から聞かせてもらえるとは思ってもみないことで不思議な感動が身を貫いていった。

人と人の出会いの神秘には、宇宙の星がどこかで出会いの合図でもしているのだろうかと思うことがある。瞬きの間にすぎない人生にも素晴らしい、あるいは苛酷な出会いは用意されていて、いま牽牛と織女はどのあたりに懸かるかは知らないが、今夜また、出会いの合図はされるのだろう。

螢の庭

生家が絶えて古い木造の家と百坪ほどの庭が残った。「家をお守りしているの」と、母が晩年独りで住んでいた家は母が亡くなって十年も空き家だった。少し手を入れ、残すことにしたのは木や木材に思いが深くなり欄間や障子のある想い出深い家を壊すに忍びなかったからである。悩んでいた時に稲本正氏の『森の形　森の仕事』（一九九四年　世界文化社）を読み、講演を聴いたことも決心を後押しした。週末の我が家にと思っていたが現実はなかなかいけない。いつまで維持できるかもわからない。

螢

微熱ぐらふのような日を記して
睡(ねむ)れない街を逃れると
ふかい夏草が熱かった
かすかな渓流のひびきに
ふりむく視界を
青白く掠めるものがあった

あ　螢
夜の野に
美しい最弱音(ぴあにしも)……

あれはなにを瞬いていくのであろう
すずしい匂いを灯(つ)けて
さむい記憶の森で
はぐれてしまったゆめやねがいを
捜しにでもいくかのように

ああ　なぜふりむいてしまったろう

　と詩を書き始めた若い頃は実家の前は細い川が流れ、田圃(たんぼ)が広がっていた。田圃のむこうに立山連峰が聳え、縁側に立って見事な借景を楽しむことができた。父は仕事ひとすじで趣味はなかったけれど、日本風の庭を眺めるのを愉しみにしていた。水鉢や灯籠、石は昔のままだが松やほかの樹木は伸びて大木になった。眩しい光を浴びて泰山木は包みきれない香りを大きな白い花びらに湛えている。庭に来る鳥たち、鶯、エナガ、キセキレイ、尾長など。尾長の番(つがい)が金木犀から水鉢の傍の羅漢樹へ二羽そろって大きな波を乗り越えるようにゆっくりと飛んだことがあった。そのような飛び方を初めて見た。スローモーションの青い曲線が記憶に残っている。

　誰もいない庭をしみじみ眺めていると、父母の気持ちがわかるようだ。

　あれは中学生の頃だったろうか、母が里へ帰り、父と二人、縁側に腰かけ黙って青白い月光の庭を見ていた夜。深い翳に螢は瞬いては消え、家の中にも迷いこんでくるのだった。息苦しい沈黙をときどき風鈴の音が破り、それぞれの淋しさを鳴らした。遠くで盆踊りの囃子が響いていた。

あの夜、私の背中を抱くように浜風の潜む北の縁側から前庭へと通り抜けていった〈あいの風〉。庭はささやかな家族の哀切な舞台。遠い日のさまざまな忘れ難いシーンが鮮やかに甦る。

母の月

今年の中秋の名月も美しい月だった。中秋の名月にはいつも亡くなった母の声が甦る。子供の頃、実家の縁側で家の前の草叢からとってきた芒と母の手作りの白玉だんごを三方に供えた。「来られんか（いらっしゃい）ここへ来られんか」「見られんか（見てごらん）見られんか、いいお月さん出られたがいね」と私たちをさそい「「月々に月見る月は多けれど月見る月はこの月の月」やがいね」とひとつ覚えのように毎年おなじことを言っていた。庭の木々の上の静かな月を見上げる、ただそれだけのことだったのに今も鮮やかに想い出す。

母が八十八歳で亡くなったのは一九九〇年十月だった。母が亡くなる日、もう意識もなく人工呼吸器でなんとか息をしているが、なかなか向うへ渡れないで辛そうだった。長い時間が経って、いつも傍についてくれていた家政婦さんに奥さんは帰るところが気にかかっているのではないか……留守宅（母が独り住んでいた家）のお仏壇を開いてこられたら？　と言われて私は夫に母を頼み車で実家へ急いだ。暗い真夜中の道は車一台通らず、冬のような冷気で道路は月光に白く照らされて浮き出ていた。二十分ほどの距離がとても遠かった。暗闇に沈んでいた家じゅうの電気をつけ、お仏壇を開けて灯明を点し母の床を延べて病院へ戻った。

母は息をひきとったところだった。

詩を生きる地「富山」

「詩苑」の頃　あいの風わたる　1

「ほんとうに東京へ行くのは、初めて？」英語の先生はあきれたような表情だった。

昭和三十二年、大学受験に初めて上京し、青山学院大学に合格した。宮益坂を上ったところにあった木造の大学女子寮で四年間を過ごした。六畳の部屋に二人だった。北海道から九州までいろんなアクセントの言葉が飛び交っていた。富山弁のアクセントはなかなか抜けなかった。門限があったけれど温かい雰囲気の寮生活は楽しかった。字の上手な友が和紙に書いてくれた中也の「言葉なき歌」を壁に貼っていた。

ときどき、「マドモアゼル」「若い女性」「新婦人」などの読者文芸欄に投稿した。菱山修三、竹内てるよ、村野四郎、谷川俊太郎の選で入選した。

大学卒業を二週間後にひかえた三月、新聞に都民文芸講座、受講生募集の記事、講師は惹かれていた村野四郎。富山へ帰ったらこんなチャンスは二度とないと思った。五日間、夜、目黒の公会堂へ通った。さまざまな年代の人たち、女性は少なかった。

最終日、前日に提出した作品のなかから選ばれた五編の題名が黒板に書かれた。私の詩もあった。信じられなかった。帰るとき、駅のホームでソフト帽のダンディな村野四郎先生と一緒になった。

「今日、集まっていた人たちと詩のサークルをはじめたらいいですよ」

かたくなっている私にやさしい声をかけてくださった。

昭和三十六年、卒業して富山に帰り、父の製薬会社の事務を手伝った。富山詩人懇話会（後に富山現代詩人会）に入会した。会長は稗田菫平氏。

富山は、空が広く山も海も美しいところだと思った。

雑誌で知った河合紗良氏（後に紗己）から「詩苑」という詩誌を創刊するので入りませんかとお誘いをうけ「詩苑」（第二次）に入れていただいた。最初は薄い詩誌だった。

渋谷のユーハイムで河合先生と敏子夫人にはじめてお会いした日のことを鮮明に覚えている。

昭和三十八年、あれは「詩苑の集い」に上京した折であったろうか、国立東京第一病院に姉の義理の父を見舞った。主治医は偶然、富山出身で、私の町から近い町の人だった。

「青春のかたみに詩集を出しませんか」

河合先生からすすめられた。

自分の詩集など考えたこともなかったので驚いた。二年間「詩苑」に載った作品をまとめることになり、浜谷瑛子詩集『風の祈り』は序文河合紗良氏、跋文岩本修蔵氏、親友の布井章子さんの装幀で結婚前に出版予定となった。

秋に結婚し、少しでも家賃が安くなるからと一時期夫の勤務先から遠い東京八王子に住んだ。夫は一時間半かけて新宿の国立第一病院へ通勤していた。

詩集は印刷が遅れて出来上がったのは結婚後一か月経った頃。詩集を受け取り、タクシーに乗せて帰ると待っていた夫に、

「こんなもん、川に捨ててしまえ！」

と怒鳴られた。アパートの前は川が流れていた。詩なんぞ書く者は変わり者と思われていた。

「現代詩手帖」二〇一五年六月号

詩を生きる地「富山」

出会いの恵み　あいの風わたる　2

ふりかえってみると結婚後一年半ほどいた東京で田中冬二先生にお会いできたことは僥倖だった。昭和三十九年六本木のギャラリーへ詩苑の詩画展を見に来られた折に、詩集『晩春の日に』にサインをいただいた。私の郷里が富山というと懐かしそうな目をされ「富山はいいところですよ、一度、生地温泉のたなかや旅館を訪ねてください」と名刺に〈たなかや旅館　生地温泉〉と書かれた。（生地は冬二の祖父母の土地）豊田在住の田中冬二先生と偶然電車で一緒になったこともあった。

昭和四十年夏、富山に帰り、海沿いの小さな町（新湊市堀岡）の夫の実家で医院を開業した。うしろはとねり

この木々で縁取られた水田がひろがっていた。

環境が激変して昼も夜もない生活となり新聞も本も読まない日々だった。子育てと家業に追われた。

そのうち富山現代詩人会にも出席できるようになり、萩野卓司氏や稗田菫平氏、坂田嘉英氏、高島順吾氏らの活発な詩の話に触れることもあった。

昭和四十六年に上梓した第二詩集『砂の花』の東京での出版記念会は詩苑同人と河合先生の配慮であった。十月二十四日、京王プラザホテルで開催された。

当日は四季の会と重なったが田中冬二氏（当時、日本現代詩人会会長）は出席して下さり、先にスピーチされた村野四郎氏の「……美しい抒情詩もいいが、池田さんも下手でもいいからだんごでもぼたもちでもおうたいになるように」という言葉に対して「……だんごやぼたもちにきな粉をつけてもいいから富山の豊かな自然を大切に詩に残していってほしい……」とあたたかいお言葉をくださった。

新川和江氏は「池田さんは詩から切り取ってしまわれた枝や葉をもう一度つけてあげられるといいのでは」と言われた。「女流詩人はうまいことをいうものだ」と村野氏。

田中冬二先生のお心のこもったお手紙やお葉書をたいせつに仕舞っている。


昭和六十三年五月、金沢の友人から急に連絡があって永瀬清子さんを囲んで会食をした時のこと、私は偶然にもその数日前、新聞の随筆に永瀬さんの「あけがたにくるひとよ」の朗読のことを書いていたのでそれをお見せすると、その随筆の堀口大學の詩、〈古風な幻影〉の一節、「夕ぐれわれ水を眺むるに／流れよるオフェリアはなきか?」と口ずさみたいところであるというくだりを読んで、堀口先生はね、こんな風に朗読されましたよ、とゆっくり抑揚をつけて真似された。それはいつ頃のことですかと私、「昭和十二年、共立講堂でした。千家元麿や佐藤惣之助も朗読したんですよ……」五十年も前のこと、記憶の凄さに驚くと、「私は賢治の言葉通りにヨクミキキシワカリソシテワスレズだったから」と言われた。

その秋、山陽ＴＶの「イトハルカナル海のゴトク永瀬清子・女の証言」の取材で金沢へいらした機会に便乗して富山で講演をしていただいた。「詩は生命にプラスする」と。

黒部峡谷での撮影に家城美紀子さん（富山のモダニズムの詩人として知られる高島高氏の姪）と堀越茉利子さん（板倉鞆音氏の長女）とご一緒したことも忘れられない。

「現代詩手帖」二〇一五年七月号

詩を生きる地「富山」

岸辺に　あいの風わたる　3

いつも通る神通橋、神通川の改修工事の設計をされた技師が高良留美子氏の祖父、和田義睦氏であると言う。昔、神通川は瓢箪のようにくびれたところがあって大水が出ると氾濫した。その流れをまっすぐにされたのである。一九九六年、とやま国民文化祭に選考委員として秋谷豊、石原武、鎗田清太郎　鈴木漠、西岡光秋、高良氏らが来富された。いたち川（宮本輝の『螢川』）や松川の「神通舟橋」の碑へ高良氏を案内した。

母が亡くなって十年が過ぎ、母の詩と桜町遺跡で見た縄文の櫛、弓などの詩をまとめて二〇〇一年、詩集『母の家』を上梓した。編集新川和江氏、解説広部英一氏、装幀林立人氏。

　五年後、新川先生と新緑の黒部峡谷へ行く機会に恵まれた。残雪と匂うばかりの新緑、エメラルド色の黒部川。トロッコ電車で欅平まで行った。植物の説明は興味深かった。熊が大好きな衣笠草の大きな白い花、子熊が夢中で衣笠草の花を食べているすきに母熊が子別れをするのだという。このことを後に「お母さんが立っていた」の詩に残されている。

　二〇一一年、東日本大震災の衝撃に言葉を失った。激しい無力感のなかで詩誌「禱」四二号に書いた詩「岸辺に」に多くの反響を頂いた。新川氏から「この詩は作曲してもらうといいわね」と薦められた。娘の師の中村義朗氏を通じて、宮城学院女子大学教授なかにしあかね氏に依頼した。「岸辺に」の歌曲、合唱曲は翌年の春にできた。心にしみる美しい曲は国内各地で演奏され、ダウンロード販売もされている。今も厳しい状況の人々の心に届いてほしいと願っている。

　ハンガリー・ザラエゲルセグ市で東日本大震災の犠牲者追悼イベントが行われ、鎮魂と復興への願いをこめて桜の苗木がギュタイ・チャバ市長、小泉博氏らにより植樹され、詩「岸辺に」がハンガリー語（ハンガリーの女優さん）と日本語（文芸座の小泉邦子氏）で朗読された。

　二〇一二年、七月、「高志の国文学館」（館長、中西進氏）が開館した。九月には港口に新湊大橋が架かり周辺の風景は一変した。

　二〇一三年、詩集『岸辺に』を上梓した。装幀伊勢功治氏。編集の藤井一乃氏は同郷、藤井さんは高校の同窓と知って親しみがわいた。ノーベル化学賞の田中耕一氏も同窓である。

　富山県詩人協会設立から今年は十周年。朗読会、アンソロジー発刊、講演会（川口晴美、辻井喬、田野倉康一、井坂洋子、宮野一世、池井昌樹の諸氏）など。例会では高橋修宏、本田信次らによるレクチャー「戦後詩を読む」が回をかさねている。

　去年「世界で最も美しい湾クラブ」に加盟した富山湾。海王丸パーク（帆船海王丸を公開）の近くに住んでいるが生家に近い大欅のある八重津浜から眺める海と立山連峰はこどもの頃からのやすらぎの風景である。
ことし三月に待望の北陸新幹線が開通した。

「現代詩手帖」二〇一五年八月号

解説

妣の国へ誘う海鳴りと海辺の詩

広部英一

池田瑛子さんの詩集『母の家』に収められた詩の大方は母の魂との邂逅を主題にした北陸の海辺の詩である。それらのどの詩も母の魂との邂逅の場面を、みずみずしい情感をにじませて形象化している。どの詩からも日本海の海鳴りが聴こえてきて懐かしく、妣（はは）の国へ誘われる魅力がある。

表題詩から取り上げる。

雪の降る夜は　なお切なく
呼んでいる
雪野の彼方
螢のように瞬いて
誰もいない家に
海鳴りを聴いて
死んだ母は待っている

（「母の家　Ⅰ」部分）

この「母の家　Ⅰ」は詩集『母の家』の代表作品。「海鳴りを聴いて／死んだ母」が待っている北陸の海辺の町にある母の家は、すでに池田さんにおける妣の国の領域に属する。「母の家　Ⅰ」や「母の家　Ⅱ」の二編の詩は詩集『母の家』の詩の世界が、池田さん独創の文学的世界であることを、まずもってはっきりと僕に感受させてくれる。

池田さんが住んでいる新湊市は富山湾にのぞむ港町。厳冬期の日本海は湾内といえども季節風が吹き始めると、たちまち高波が荒れ狂い、荒天に海鳴りを轟かせる。母の家もまた同じ富山湾にのぞむ海辺の町、富山市四方町にある。新湊市からはおよそ八粁離れている。池田さんは母の死後も、母の生前の時と同じように海沿いの道を急ぎ、母の家をひとり訪ねている。そんな日々、海辺の詩人は亡き母の面影を求め、時を遡行し、母の魂と邂逅するかのように幾編もの詩を書き続けた。

この詩集『母の家』は池田さんが母の魂との邂逅の詩を一巻に編んで、亡き母の御霊に手向けた鎮魂の詩集だと明記していいのではないか。池田さんの詩精神は母との永訣のかなしみを経験することで、にわかに覚醒したかのようだ。詩集『母の家』は池田さんの文学人生の節目を飾る仕事にふさわしい。

詩集『母の家』の詩の特色はいくつかある。が、最大の特色は池田さんが日本海辺の風土を母胎にして詩を発生させていることである。とくに海鳴りを詩空間に反響させながら母の魂との邂逅の詩を書いていることに僕は注目する。それは池田さんが海鳴りに母の魂の声をはっきりと聞き取りながら詩を書いているからであり、それは池田さんが北陸の海辺の詩人であることの真の証しにもなる。

池田さんの海辺の詩を読んで妣の国へ誘われる魅力を覚えるのは、詩人の海辺の詩に反響する海鳴りが、僕の内面の暗い海に反響する海鳴りに重なって、母の魂を追う僕の詩心をつよく揺さぶるせいかも知れぬ。

こんな詩がある。

思い出す　遠い夜の海鳴り
ガラス戸をふるわせた鈍い響き
ゆめのなかのははがいう
〈寄り回り波や　もうじき雪ね〉

（「寄り回り波」部分）

「寄り回り波」と題する詩である。この詩からも僕は遠い妣の国へと誘われる。寄り回り波というのは富山湾に冬の到来を告げる高波の意であり、そんな時季になると池田さんの母は生前、「寄り回り波や　もうじき雪ね」

と、きまって言った。寄り回り波という言い方にも、北陸人の僕は親しみを覚える。日本海の荒涼とした海辺の風景がよみがえり、厳冬期を生きる人々の生活の緊張がしのばれて、北陸の風土への愛着がいやます。

池田さんは「寄り回り波」の詩のなかで高波の空を飛ぶ海鳥を描いている。その海鳥は寄り回り波の空を飛んで来る母の魂のごとくであり、その一羽の海鳥の飛翔の軌跡を通じて、詩人は妣の国のありかを夢に見ている。この「寄り回り波」の詩も夢の世界に仮託したとはいえ、池田さんが母の魂との邂逅の場面を形象化した佳品である。

こんな詩もある。

夢のなかに　母が置いていった水甕（みずがめ）
なにげない言葉が
ひとしずく　ひとしずく
やさしい音をひびかせて　落ちる

（「母の手鏡」部分）

海辺の町の母の家には水甕がある。水甕からは一滴ずつしずくが落ちている。

その水音から亡き母の言葉がよみがえる。母の魂は母の家に置かれた水甕に宿っている。母の言葉は「なにげない言葉」に過ぎぬのだが、なにげなさのゆえにかえって母の魂を追慕する詩人のかなしみは深まっている。「母が置いていった水甕」がもらす水滴に亡き母の声を聞く詩人は、母のやさしい言葉にうなずきながら、在りし日の母の表情や所作を想起し、海辺の母の家での母の魂との邂逅の場面の形象化に成功している。この「母の手鏡」の詩にも池田さんの亡き母への情愛があふれている。詩人の妣の国への憧憬は限りなく哀しくて美しい。

すなわち、池田さんの詩集『母の家』における詩の方法は北陸海辺に題材をとった具象的なイメージに、不可視の母の魂の実在を感受させる抽象的なイメージを重層させる。いわばダブルイメージによる二重構造の詩的世界を創造するところに創意工夫がある。その場合、具象的なイメージと抽象的なイメージの二重構造の詩的世界を「こちら側」と「向こう側」または「現世」と「妣の国」の二重構造の世界と読解してもいいはずだ。

池田さんの海辺の詩から妣の国に通じる海の回廊または魂の回路を読み取ることができるのも魅力かもしれない。池田さんは海の回廊または魂の回路の「こちら側」の入り口を海鳴りや高波のうねりや水甕からこぼれる水滴や手鏡や琴や大欅やアケビなどに見つけている。さらに埴輪や線刻画や縄文の櫛や弓などにも見つけている。池田さんにとって妣の国への海の回廊または魂の回路は北陸の海辺に四通している。

そんなふうに池田さんが海の回廊または魂の回路の入り口をいくつも想像していることにも僕は注目する。なぜなら、池田さんの想像力の豊かさには母の魂の行方を追い続けてやまぬ詩人のこころの悲哀と切実さが、そのまま裏打ちされているからだ。

埴輪の詩はこんな詩。

ゆうべ写真で見た円筒埴輪(はにわ)の線刻画
うつくしいゴンドラ形の船は
片側に櫂が七本
舳先には水先案内の鶏もいて
霊魂を他界へ運ぶ船かもしれないという
あの櫂が漕いだ古代の海に
深く遥かに連なり　波がしぶく

(「九月　I」部分)

「母の家」や「寄り回り波」や「母の手鏡」などの詩を主情的な詩だとすれば、これは主知的な詩であろう。円筒埴輪に描かれたゴンドラタイプの古代の船は「片側に櫂が七本／舳先には水先案内の鶏もいて／霊魂を他界へ運ぶ船かもしれない」と伝えられているそうだ。池田さんはその船の姿を日本海の海上に幻視し、死者の魂の行方を見つめている。

この「九月　I」は写真で見た埴輪の線刻画を題材にした思惟の詩ではあるが、母を恋う感情移入があるので、この詩からも太古の海から連続する日本海の海鳴りが聞こえてくる。僕はふたたび妣の国へ誘われる。

池田さんは好んで舟の詩を書いている。が、そのことも母の魂の行方を追いかける海辺の詩人の詩の特色にちがいない。池田さんにとって舟は魂を運ぶ舟である。一艘の舟を海原に航行させることで、詩人は北陸の海辺の近景遠景として母の魂との邂逅の場面を形象化して見せている。

こんな舟の詩もある。

魂たちがよりそう月色の舟
舳先には凪の水先案内
みえない櫂が漕ぎ出すだろう
深い祈りのたちこめる
古代の入江へ
めぐり逢えない歌の方へ
涙ぐむ森に
曙のまなざしが触れないうちに

（「幻の舟」部分）


「月色の舟」には母の魂も乗っている。もはや母の魂は孤独ではなく、多くの魂たちと「よりそう」ごとくに「月色の舟」に乗っている。池田さんは「月色の舟」を月光をちりばめた穏やかな凪ぎの海に浮かべることで、母の魂との邂逅の場面をどこまでも美しく昇華させて形象化することができた。この「幻の舟」の詩を書き得た詩人の安心感が僕にも熱く伝わってくる。

池田さんは詩集『母の家』の詩を書き終えたことで、愛する母との永訣のかなしみを癒すことができたのではないか。詩を書くということにも、また詩を読むということにも確かにそんな癒しの効用がある。

詩集『母の家』を読んで、亡き母の幻影を喚起し、母の魂との邂逅を追体験し、雪深い北陸の街で、僕も安息の時間を海辺の詩人と共有することができた。

時のなかの歳月

荒川洋治

池田瑛子の第一詩集『風の祈り』から最新詩集『星表の地図』の主要作と未刊作品の世界を、この文庫で知ることができる。いま新たな気持ちで読みおえた。『風の祈り』の「螢」という短い詩のなかに、

ああ　なぜふりむいてしまったろう

という一行がある。詩の最後に置かれたつぶやきのようなものだが、池田瑛子の特質を指示するものだろう。日々の事象には、そのとき、作者にもわからないものがうめこまれている。それを名指そうとするときのものだと思われる。それは同じ詩の一節の語句に拠るなら、「ふりむく視界」をとらえることである。池田瑛子は早くから、時間を見つめる独自の視角を表わしていた。『嘆きの橋』の「知らない果実」の終連。

友が逝き
父が逝って
遥かな水底へ下りてゆく錘りのような
知らない果実が
日々　わたしのなかで
熟れてゆく

この世を去った人たちのおもかげが、消えるのではなく、さらに色づくかのように、心のなかに残っていく光景だろう。「知らない果実」が「熟れてゆく」という方向へと視点を回す例は、稀少である。過去の情意を現在のなかに移行させる手法は鮮やかだ。またそれは現代の詩にしか求められないものだと思う。

『母の家』の「鷗」は、「想い出が／こころの渚に打ちよせる／魔のひととき」で閉じられる。これも記憶の再生から発したものだが、「魔」の一語には、いくぶん穏当ではないひびきがある。こうした表現の性向がとてもぼくには印象的である。詩の底ぶかさを感じるのだ。また「階段」と題された詩は、薄まり行く階段の記憶に肌身でふれるように書かれ、余韻を引く。

近年の詩集『岸辺に』、それを引き継ぐ新詩集『星表の地図』は、こうした歳月への思索が、さらに熟成したもので、池田瑛子の詩の頂点を示すものとなった。

『岸辺に』の「あいの風」の結び。

あの夜　浜風の潜む北の縁側から
前庭へ通り抜けていった風
わたしの背中を抱くように触っていった
〈あいの風〉がひんやり甦る

〈あいの風〉の風趣も、心に残る。だが前景で示された「北の縁側」から「前庭へ」という場の再現が、一編の結びを迷いなく、しっかりと固めている。それがこの詩の美しさを支えているように思う。いくども読み返したい作品だ。

同じ『岸辺に』に「風鈴」という作品がある。これもとても印象的だ。妹と語らい、父母の思い出をたぐりよせる場面。

四十年経ってはじめて聞いた
父が亡くなってからでも
二十七年経っているのに
「詩は書いているのか」
唐突に尋ねたのは優しい言葉のつもりだったのか
ほどかれてゆく記憶に
風鈴が鳴っていた

「詩は書いているのか」。ありし日の「父」のことばだろう。いいことばだ。遠くて淡いものかもしれないが、そこには、心にしみいる、あたたかなものがある。池田瑛子はそのときも、そしていまも、詩を書いている。としてもいい詩を書きつづけている。

『星表の地図』は、記憶の細部をとりだし、歳月という時間の世界に向きあう。過去のできごとを現在のなかに返していくようすは、読む人の心に深くとどまる。詩を書くこと、書きつづけたことが、ことばをつくっていく。それが『星表の地図』の詩情の支点となる。「再会」は、先行する詩人たちとの出会いと、そこからの時間を対置させるもの。

　書けない詩に魅入られたこころは
　忘れられた林の奥のかたくりの花のように
　地下深くひそかに根を張って
　半世紀もわたしたちを繋げていた

過ぎた日のなかにあって、いまも残されているもの。それは詩を書く人たちの姿であり、当時の目には見えないことがらであった。その「半世紀」を大切に、また熱く偲びながら、いま詩を書くことの意味をたしかめていくのだ。始点と経過がとても簡明に、印象的に記されている。池田瑛子独自の作品である。

同詩集の後半に置かれた「帰ってきた『獨樂（こま）』」には、青春時代に出会った詩人の詩集が、思いがけない形で手元に「帰ってきた」ときの気持ちが、涼やかな色調で描かれる。その詩集は、大学女子寮の近所の中村書店で買い求めたものらしい。「独りで立つことができぬまま／歳月は過ぎてしまった」。帰ってきた詩集の題を、心に抱えるようにして、この詩は書かれている。詩に出会い、詩を支えに過ごしてきた、ゆたかな時間が、そこから静かに、穏やかに香りたつ。池田瑛子の詩でしか得られない情景の一つだ。

池田瑛子の詩は、人びとの上に等しく訪れる、歳月の深みをうたうことを基調とする。誰もがどこかでもつ、心のなかの時間を照らし、映し出す。

■池田瑛子年譜

一九三八年（昭和十三年）　当歳

四月七日　富山県婦負郡四方町野割に生まれる。父浜谷憲治、母はつ江。二男四女の三女。ほかに異母姉二人。父はホテイ製薬株式会社を設立、経営。

一九四五年（昭和二十年）　七歳

四月　四方小学校入学。

四月十八日　四方町大火。隣村の倉垣小学校へ一、二年生避難、フェーン現象で町中が燃えるのを見た。

八月二日　富山大空襲。次兄と海辺へ逃げた。

八月十五日　敗戦。

一九四六年（昭和二十一年）　八歳

病弱で欠席多く、父は留年を薦めたが担任の拇野先生の励ましで進級。

一九四九年（昭和二十四年）　十一歳

富山大学教育学部附属小学校に転校。練兵所あとの小学校は梁に「馬を肥やせ」と書いてあった。

一九五一年（昭和二十六年）　十三歳

三月　附属小学校卒業。

四月　附属中学校入学。

一九五四年（昭和二十九年）　十六歳

三月　附属中学校卒業。

四月　富山中部高校入学。文芸部に入る。詩に惹かれる。文芸誌「双輪」に詩「憧憬」「眠れる砂」。

一九五七年（昭和三十二年）　十九歳

三月　富山中部高校卒業。

四月　青山学院大学文学部英米文学科入学。渋谷区金王町にあった青山学院大学女子寮で卒業までの四年間を過ごした。規律ある家庭的雰囲気の寮で忘れられない所。寮母山田初枝先生。二年の時リルケの詩を好きな諸橋真弓さんと同室、六畳に二人。

一九六〇年（昭和三十五年）～一九六二年（昭和三十七年）

雑誌「マドモアゼル」「若い女性」「新婦人」などの読者文芸欄に投稿、菱山修三、竹内てるよ、村野四郎、谷川俊太郎選で入選。

一九六一年（昭和三十六年）　二十三歳

三月　新聞に「都民文芸講座、講師村野四郎」の記事を見て申し込み、五日間目黒公会堂に通った。最終日に村野四郎に自作詩を選ばれたことが詩作のきっかけになる。雑誌の記事で河合紗良（後に紗己）氏を知る。

三月　青山学院大学を卒業。富山へ帰る。父の会社に勤務。

七月　河合紗良主宰第二次「詩苑」に入る。以後三八号（一九八六年）終刊まで。

一九六二年（昭和三十七年）　二十四歳

十月七日に発足した富山現代詩人懇話会に入会。

一九六三年（昭和三十八年）　二十五歳

五月　国立東京第一病院に姉の舅を見舞い、主治医同郷の池田肇信を紹介される。

富山現代詩人懇話会の年刊詩集『富山詩人』に「菫の錯誤を……」収録。

九月　富山新聞「女の構図」にエッセイ。

十一月　池田肇信と結婚。東京都八王子市子安町に住む。

十二月　処女詩集『風の祈り』（詩苑社）旧姓浜谷瑛子で出版。序文／河合紗良氏、跋文／岩本修蔵氏、装幀／布井章子氏。

「芸象」二十五周年記念号にエッセイ。

一九六四年（昭和三十九年）　二十六歳

五月　富山詩人懇話会が富山現代詩人会に改称。

九月　『富山詩人１９６４』に「砂の花」「幻覚」収録。以後『富山詩人』三二号まで作品収録。

一九六五年（昭和四十年）　二十七歳

七月　夫の開業に伴い郷里富山へ帰る。昼夜ない多忙な生活に追われる。

十一月　長女理佐誕生。

一九六六年（昭和四十一年）　二十八歳

四月七日　「朝日新聞」『現代詩にみる女ごころ』に詩「落ち葉」「青い旋律」が紹介されていることを兄の電話で知る。園田学園女子大文学部教授喜志邦三氏による。忙しい生活に詩を諦めかけていた私を励ます出来事だった。
一九六七年（昭和四十二年）　二十九歳
十月　「富山新聞」にエッセイ「秋の叙情」。
一九六九年（昭和四十四年）　三十一歳
二月十七日　長男直史誕生。
三月　月刊誌「小さな蕾」（大門出版）に詩「涙」。
一九七〇年（昭和四十五年）　三十二歳
NHK富山テレビ放送で詩「立山」「夕映えの立山」を朗読。NHKラジオで「みやまあかね」を朗読。
十月　「PHP」（PHP研究所）に詩「旅」執筆。
一九七一年（昭和四十六年）　三十三歳
十月　第二詩集『砂の花』（詩苑社）出版。跋文／河合紗良氏、装丁／加藤登美子氏。
十月三日　富山高志会館で出版記念会。
十月二十四日　東京京王プラザホテルで出版記念会。田中冬二、村野四郎、新川和江、西岡光秋らの諸氏が出席してくださる。河合紗良夫妻の配慮による。
一九七二年（昭和四十七年）　三十四歳
四月　『砂の花』第八回萩野賞受賞。
一九七四年（昭和四十九年）　三十六歳
七月　秋谷豊氏編『青春のアルペン賛歌』（千趣会）に詩「立山」収録。
一九七六年（昭和五十一年）　三十八歳
四月　写真と詩による「顔にうたう」の三人展。池端滋氏、坂田嘉英氏と。
一九七七年（昭和五十二年）　三十九歳
九月　第三詩集『遠い夏』（詩苑社）出版。序文／河合紗己氏、装丁／岩見禮花氏。富山ステーションホテルで出版記念会。
一九七八年（昭和五十三年）　四十歳
三月　父憲治死去（八十三歳）。
五月　「北日本新聞」にエッセイ、日本・現代の裸婦展に寄せて「女体の深さに酔う」。
一九七九年（昭和五十四年）　四十一歳
一月七日　帝国ホテルでの堀口大學先生米寿祝賀会に出席。

一九八〇年（昭和五十五年）　四十二歳
一月十五日　帝国ホテルでの堀口大學先生文化勲章受章祝賀会に出席。
「富山新聞」にエッセイ「温胎の時間」、「北日本新聞」にエッセイ「近代巨匠絵画展をみて—藤田嗣治『腕をあげる裸婦』」。

一九八一年（昭和五十六年）　四十三歳
一月「富山新聞」に詩「新生」。
「北日本新聞」「女の美100年の流れ岡田三郎助の乙女」にエッセイ「すずやかなまなざし」。

一九八二年（昭和五十七年）　四十四歳
『現代詩集'82』（芸風書院）に作品収録。「富山新聞」に詩「土笛」「秋の手紙」「橋」。

一九八三年（昭和五十八年）　四十五歳
一月　第四詩集『日本現代女流詩人叢書第30集　池田瑛子詩集』（芸風書院）出版。
「北日本新聞」に詩「夜の回路」「春の鏡」「花の闇」「夜の噴水」「日没」「霰」。

一九八四年（昭和五十九年）　四十六歳
「北日本新聞」にエッセイ「父の火鉢」、詩「雪の朝」「祈り」。

一九八五年（昭和六十年）　四十七歳
一月「富山新聞」に詩「眠りの渚」。
六月『写真集・シンフォニーとやま』（富山県）に「風の盆」収録。
七月　北陸の三十六人の女性詩人のアンソロジー『うた一揆』編集発行に参加。帯文／永瀬清子氏。詩「坂」「迷子」「サーカス」収録。
十月「週刊ポスト」に詩「秋の瞳」、解説／藤坂信子氏。

一九八六年（昭和六十一年）　四十八歳
四月『続　男の詩』（芸風書院）に詩「秋の瞳」収録。
八月　第五詩集『嘆きの橋』（詩苑社）出版。装丁／藤田和十氏。
小海永二編『郷土の名詩』（大和書房）に詩「立山」収録。

一九八七年（昭和六十二年）　四十九歳

四月　日本現代詩人会主催「北陸の詩祭」が金沢市で開催。小海永二氏、石垣りん氏が講演。北陸三県の詩人の朗読に参加。

『大阪詩集'87』（小野十三郎監修、福中都生子編）に詩「桜」収録。

十一月「北日本新聞」「杉山寧展」を見てエッセイ「烈しい生の動き」、最終日に連絡を受けホテルで杉山寧氏にお目にかかる。

「風の盆」、洗足学園魚津短期大学音楽科教授新井賢治氏により合唱曲に作曲され定期演奏会で発表。

一九八八年（昭和六十三年）　五十歳

五月　富山市民大学講師を主婦の立場から。小森典氏と。
県広報「とやま」七月号にエッセイ「出会いの神秘」。
八月　永瀬清子氏山陽TVの「イトハルカナル海ノゴトク永瀬清子・女の証言」の取材で金沢へいらした機会に便乗して富山で講演をしてもらう。「詩は生命にプラスする」と。宇奈月温泉に一泊。黒部峡谷での撮影に堀越茉莉子、家城美紀子さんと同行する。

一九八九年（昭和六十四年・平成一年）　五十一歳

四月『大阪詩集'89』に詩「永瀬清子先生と黒部峡谷を行く」収録。

四月「芸象」二十五周年記念号にエッセイ「波のように」。

五月「北日本新聞」にエッセイ「感性の通りみち」。

十一月　白井知子氏から金井直氏の薦めによりと詩誌「禱」の会への誘いを受け入会する。同人に中村なづな、江田恵美子、宮内洋子氏ら。

一九九〇年（平成二年）　五十二歳

一月「富山新聞」に詩「海王丸」。
二月　小海永二編『今日の名詩』（大和書房）に詩「すずらん」収録。
六月　詩画集『馴』（能登印刷）出版。川上明日夫、砂川公子、松原敏と共著。
十月　母はつ江死去（八十八歳）。

一九九一年（平成三年）　五十三歳

一月「北日本新聞」に詩「声」。
四、五、七、八、九、十、十一、十二月「北日本新聞夕刊」にエッセイ「たんぽぽ」「浜昼顔」「帆」「夏の夜」「彼岸花」「秋の虫」「落ち葉」「小さな命」を執筆。
六月　次兄良夫死去。
十一月　長兄富士夫死去。
一九九二年（平成四年）　五十四歳
一月　KNBテレビ放送『北アルプスの詩・黒部の春』に詩を六篇書く。元日の早朝に放送。
「北日本新聞夕刊」にエッセイ、二月「つらら」、三月「かたくりの花」。
十二月　富山短期大学で新川和江氏の特別講演を聞く。
一九九三年（平成五年）　五十五歳
六月　佐藤晨歌曲集（音楽の友社）に「すずらん」。
七月　KNBテレビ放送「プロジェクト21・Sail up日本海」に詩「海」。姉光枝死去。
九月　金井直氏、富山県民会館で講演「村野四郎を中心に」。民俗民芸村、篁牛人館へ案内する。
一九九四年（平成六年）　五十六歳
五月　県広報「とやま」の「ピンナップとやま」に詩を書く。一九九八年一月まで二十篇。
六月『現代詩・二十年』（東京出版）に作品収録。
八月『ふるさと文学館』富山第二十巻八木光昭編（ぎょうせい）に詩「風の盆」収録。
一九九五年（平成七年）　五十七歳
「橋」（若狭雅裕主宰）に入会。平成八年まで。
四月　第六詩集　北陸現代詩人シリーズ池田瑛子詩集『思惟の稜線』（能登印刷出版部）出版。解説／金井直氏、装丁／林清納氏。
六月　富山現代詩人会会長に就任。一九九七年まで。
一九九六年（平成八年）　五十八歳
八月　氷見で開催の「歴程夏のセミナー」に参加。基調講演／財部鳥子氏。特別講演／稗田菫平氏。
村田正夫編『現代旅情詩集』（潮流出版社）に詩「旅」収録。

九月　「国民文化祭とやま'96」の現代詩の選考委員となる。基調講演／秋谷豊氏。
十月　麻生直子氏、若狭雅裕氏推薦により日本現代詩人会に入会。
一九九七年（平成九年）　五十九歳
六月　「地球」同人となる。
九月　風の盆に新川和江氏八尾へ。尾崎昭代、植田秋江氏と共に。金岡邸へ案内する。
十二月　「北海道新聞」〈風の路・女がうたう現在〉に詩「誕生」。
一九九八年（平成十年）　六十歳
五月　北上市の詩歌文学館へ。川村洋一氏、萩原廸夫氏の詩歌文学館設立への夢の頃から楽しみにしてきたので、十年めにようやく実現、訪れることが出来、感慨ひとしおであった。
九月　夫の母池田ハツエ死去（九十二歳）。
一九九九年（平成十一年）　六十一歳
二月十六日　「北日本新聞」のイメージセッション藤田和十氏「夜の構図」に詩「幻の舟」。
十一月　「詩学」田中冬二特集にエッセイ「息づく四季と暮らし」。
二〇〇〇年（平成十二年）　六十二歳
八月二十二日　「北日本新聞」のイメージセッション高源敬子氏「びんばさみ」に詩「母の手鏡」。
二〇〇一年（平成十三年）　六十三歳
四月　日本現代詩人会編『資料・現代の詩』（角川書店）に詩「幻の舟」収録。
五月　第七詩集『母の家』（土曜美術社出版販売）出版。編集／新川和江氏、解説／広部英一氏、装丁／林立人氏。
十一月　詩と思想編集委員会編『詩と思想詩人集2001』（土曜美術社出版販売）に「母の家」収録。
二〇〇二年（平成十四年）　六十四歳
十月　韓国・春川市で開かれた「富山・江原道　友好文学シンポジウム」に県派遣団員として参加。
十一月　『詩と思想詩人集2002』に「母の手鏡」収録。

二〇〇三年（平成十五年）　六十五歳

五月　「日本現代詩人会西日本ゼミナール・金沢」で朗読。

『詩と思想詩人集２００３』に「縄文の櫛」収録。

二〇〇四年（平成十六年）　六十六歳

六月　麻生直子編『女性たちの現代詩』（梧桐書院）に詩「誕生」収録。

十月　詩画集『秋の記憶』（美研インターナショナル）出版。画／日下義彦氏、英訳／河合美穂子氏。

十一月　バルセロナ、カサ・バトリョ邸での現代日本芸術祭inスペイン「バルセロナ国際ビエンナーレ」（海外芸術交流協会主催）に参加。朗読。

『詩と思想詩人集２００４』に「裵さん」収録。

二〇〇五年（平成十七年）　六十七歳

四月　「北日本新聞」「詩壇」の集い講師となる。

六月　「北日本新聞」に詩「黄薔薇「螢川」に」。

七月　富山現代詩人会解散。

十一月　富山県詩人協会が設立され副会長になる。

二〇〇六年（平成十八年）　六十八歳

五月　新川和江氏と宇奈月温泉の延楽に一泊、セレネ美術館長濱田政利氏の案内で残雪と新緑の黒部峡谷を楽しむ。

十一月　「北日本新聞」北日本詩壇選者に就任。

二〇〇七年（平成十九年）　六十九歳

九月　「富山県部門功労（文化分野）表彰」受彰。

二〇〇八年（平成二十年）　七十歳

三月　詩集『縄文の櫛』（文芸社）出版。

二〇〇九年（平成二十一年）　七十一歳

一月十一日　「池田瑛子　囲炉裏を囲んで　詩の朗読会」（射水市大楽寺）。

十月　北日本詩壇の集い作品集『欅』出版。

十一月一日　富山県詩人協会総会。富山県詩人協会会長に就任。田中勲前会長は顧問に。

二〇一一年（平成二十三年）　七十三歳

三月十一日　東日本大震災。

六月　詩誌「禱」四二号に祈りの詩「岸辺に」。新川

和江先生から、「この詩は曲をつけるように」と強く
勧められる。
十月　「俳句連盟秋季俳句大会」（富山）で講演（北日
本新聞ホール）。
二〇一二年（平成二十四年）　　七十四歳
七月六日　待望の『高志の国文学館』開館。館長中西
進氏。
二〇一三年（平成二十五年）　　七十五歳
一月　池田瑛子朗読会「詩を楽しむ」（射水市大楽寺）。
二月十五日　「瑞穂の会」コンサートで「岸辺に」を
小松由美子さん独唱（紀尾井ホール）。
三月十一日　「忘れられない　忘れない　3・11　東
日本大震災『歌でつなぐ　人と心の　絆コンサート』」
（富山市民プラザ　アンサンブルホール）でトヤマアンサ
ブルシンガーズＡＩにより祈りの詩「岸辺に」（池田
瑛子作詞、なかにしあかね作曲）が歌われた。
十月三十一日　詩集『岸辺に』（思潮社）出版。
二〇一四年（平成二十六年）　　七十六歳
一月二十二日　北日本新聞に「『岸辺に』の耀き」と
題して宮野一世氏の書評が載る。
二月　県合唱連盟顧問中村義朗氏の「北日本新聞文化
功労賞受賞を祝う会」で「岸辺に」が演奏。
三月九日。「忘れられない　忘れない　3・11　東日
本大震災『歌でつなぐ　人と心の　絆コンサートⅡ』」
（富山市民プラザ　アンサンブルホール）。トヤマシンガー
ズＡＩ、祈りの詩「岸辺に」。
四月　合唱曲『岸辺に』のダウンロード販売が東京書
籍運営のウェブサイトで始まる。
五月三十一日　女声合唱『あんさんぶる風雅』により
「岸辺に」が演奏。（横浜みなとみらい小ホール）。
九月　北陸創玄書道会主催。講演「詩の雫」（ホテル「グ
ランテラス富山」）。
十一月四日　北日本新聞文化功労賞受賞。
二〇一五年（平成二十七年）　　七十七歳
二月　『池田瑛子詩撰』（草子舎）出版。
二月八日　富山県詩人協会により「北日本新聞文化

功労賞　受賞を祝う会」（ＡＮＡクラウンプラザホテル）が開かれ、『岸辺に』演奏。詩「岸辺に」を朗読。
三月七日「忘れられない　忘れない　３・11　東日本大震災『歌でつなぐ　人と心の絆コンサートⅢ』」（富山市民プラザ、アンサンブルホール）で「岸辺に」演奏。
三月十四、十五日　富山県民会館リニューアル記念芸術フェスティバル。『岸辺に』上演。
四月　富山県歌人連盟主催の会で講演「出会いは詩に運ばれ」（高岡文化ホール）。
十月五日　中西進高志の国文学館長ら県内の文芸関係者でつくる日本ペンクラブ富山の会が「文芸サロン」を開設。十八日に第一回、中西進館長が「命を考える」をテーマに石川達三の小説『生きている兵隊』を取り上げられた（高志の国文学館）。

二〇一六年（平成二十八年）　七十八歳
十月十六日「高志の国文芸サロン」話題提供者。『永瀬清子詩集』、詩集『あけがたにくる人よ』について（高志の国文学館）。

二〇一七年（平成二十九年）　七十九歳
二月五日　女声合唱『あんさんぶる風雅』により「岸辺に」演奏（紀尾井ホール）。
四月九日　高志の国文学館開館五周年記念『観桜の集い　２０１７』in高志の国文学館（万葉の庭　屋外特設ステージ）。詩「岸辺に」他一篇を朗読。
五月二十八日　女性合唱団「クール・クロア」創立三十五周年記念演奏会。作曲家なかにしあかねさんとテノール歌手辻裕久さんが客演され、「岸辺に」も歌われた。

二〇一八年（平成三十年）　八十歳
三月十八日「高志の国文芸サロン」話題提供者。『新川和江詩集』について（高志の国文学館）。

二〇一九年（平成三十一年・令和一年）　八十一歳
二月　第69回Ｈ氏賞（日本現代詩人会）選考委員。Ｈ氏賞は水下暢也氏の詩集『忘失について』。選考委員齋藤貢氏の詩集『夕焼け売り』が第37回現代詩人賞を受賞。

九月二十二日　「高志の国文芸サロン」　話題提供者。『吉野弘詩集』について（高志の国文学館）。
十一月　富山県詩人協会総会。顧問に就任。会長／高橋修宏。副会長／本田信次、近岡礼、尾山景子。事務局長／本田信次。

二〇二〇年（令和二年）　八十二歳
二月二日　文学講座「越中万葉・詩歌」シリーズ講師。「詩人の上に降る雪は…」（高志の国文学館）。
八月　詩集『星表の地図』（思潮社）出版。亀山郁夫先生の帯文。
編集を手伝っていた詩誌「禱」（一九八九年創刊。三号より同人）が六〇号で終刊。

二〇二一年（令和三年）　八十三歳
二月　詩集『星表の地図』が第15回北陸現代詩人賞（大賞）受賞。選考委員／荒川洋治氏、川上明日夫氏、今村秀子氏。五月二十二日の贈賞式（福井新聞社　プレス21）はコロナのため中止。
七月二十五日　高志の国文学館主催、富山県詩人協会協力。大伴家持文学賞記念『詩の集い』開催。
九月十九日　「高志の国文芸サロン」話題提供者。谷川俊太郎選『茨木のり子詩集』について（高志の国文学館）。
十二月五日　富山市立図書館において。伊勢功治『北方の詩人　高島　高』が翁久允賞を受賞。記念の「高島　高シンポジウム」に出席。パネラーとして「詩の光が呼ぶ」と題して話す。富山市立図書館、公益財団法人翁久允財団共催。

二〇二二年（令和四年）　八十四歳
四月十六日　なかにしあかね作曲、池田瑛子作詩「幻の舟」「夜の噴水」「オーロラ」が組曲『月色の舟』となり、東京「すみだトリフォニー（小）ホール」三上道子ソプラノリサイタルで初演。
十月十五日　芸術文化協会創立五十年記念祝賀会（ANAクラウンプラザホテル）。詩「響き合う」を朗読。
十一月十三日　第16回芸能フェスティバルinいみず（高周波文化ホール）。詩「日没」「夏」「新生」を朗読。

二〇二三年（令和五年）　　八十五歳

一月　光村図書より詩「初日」が令和七年度～十年度まで中学三年国語教科書に採用されることを知らされる。

三月二十五日　高志の国文学館特別企画『中西進のメッセージ』。三月末に退官される中西進館長の聞き手を務める。

五月十三日　日本詩人クラブ新潟大会（万代シルバーホテル）。詩「星表の地図」を朗読。

六月三日　鈴木麻由子ソプラノリサイタル（仙台、宮城野区文化センター　パトナホール）。歌曲集『月色の舟』の「幻の舟」「夜の噴水」「オーロラ」が歌われた。

九月　北日本詩壇選者を退任。本田信次氏（富山県詩人協会副会長、事務局長）が新選者に就任。

二〇二四年（令和六年）　　八十六歳

四月二十五日　エッセイ集『歌の翼に』（土曜美術社出版販売）出版。

六月五日　詩「初日」が来年度、中学三年国語教科書（光村図書）に採用されることが北日本新聞に載る。

十二月七日　高志の国文学館で「詩と出会う旅　南桂子の世界展」が始まる（令和七年二月十一日まで）。南桂子の銅版画（「秋」「落葉と少女」「牧場」「3本のモミの木」「紫色のシャトー」「2人の少女」）と拙詩、（「秋」「落葉」「丘」「鳥」「海の夜明け」「初日」）が組まれエントランスで映像と朗読で展示。

現住所

〒九三三―〇二二八　富山県射水市堀岡明神新五三

新・日本現代詩文庫172　新編池田瑛子詩集

発　行　二〇二五年四月七日　初版

著　者　池田瑛子
装　幀　森本良成
発行者　高木祐子
発行所　土曜美術社出版販売
〒162-0813　東京都新宿区東五軒町三—一〇
電　話　〇三—五二二九—〇七三〇
FAX　〇三—五二二九—〇七三二
振　替　〇〇一六〇—九—七五六九〇九
DTP　直井デザイン室
印刷・製本　モリモト印刷
ISBN978-4-8120-2894-0　C0192

新・日本現代詩文庫

土曜美術社出版販売

- ⑯1 入谷寿一詩集　解説　中原道夫・中村不二夫
- ⑯2 重光はるみ詩集　解説　井奥行彦・以倉紘平・小野田潮
- ⑯3 会田千衣子詩集　解説　江森國友
- ⑯4 佐藤すぎ子詩集　解説　田中眞由美・一色真理
- ⑯5 佐々木久春詩集　解説　中村不二夫・鈴木豊志夫
- ⑯6 新編忍城春宣詩集　解説　田中健太郎
- ⑯7 新新忍城春宣詩集　解説　田中健太郎
- ⑯8 中谷順子詩集　解説　冨長覚梁・根本明・鈴木久吉
- ⑯9 田中佑季明詩集　解説　渡辺めぐみ・齋藤貢
- ⑰0 前田かつみ詩集　解説　中村不二夫・永井ますみ
- ⑰1 おだ じろう詩集　解説　上手宰・古賀博文
- ⑰2 新編池田瑛子詩集　解説　広部英一・荒川洋治

〈以下続刊〉

- ① 中原道夫詩集
- ② 坂本明子詩集
- ③ 高橋英司詩集
- ④ 前原正治詩集
- ⑤ 三田洋詩集
- ⑥ 本多寿詩集
- ⑦ 小島禄琅詩集
- ⑧ 新編菊田守詩集
- ⑨ 出海溪也詩集
- ⑩ 柴崎聰詩集
- ⑪ 相馬大詩集
- ⑫ 桜井哲夫詩集
- ⑬ 新編島田陽子詩集
- ⑭ 新編真壁仁詩集
- ⑮ 南邦和詩集
- ⑯ 星雅彦詩集
- ⑰ 井之川巨詩集
- ⑱ 新々木島始詩集
- ⑲ 小川アンナ詩集
- ⑳ 新編井口克己詩集
- ㉑ 新編滝口雅子詩集
- ㉒ 谷　敬詩集
- ㉓ 福井久子詩集
- ㉔ 森ちふく詩集
- ㉕ しま・ようこ詩集
- ㉖ 腰原哲朗詩集
- ㉗ 金光洋一郎詩集
- ㉘ 松田幸雄詩集
- ㉙ 谷口謙詩集
- ㉚ 和田文雄詩集
- ㉛ 新編高田敏子詩集
- ㉜ 皆木信昭詩集
- ㉝ 千葉龍詩集
- ㉞ 新編佐久間隆史詩集
- ㉟ 長津功三良詩集
- ㊱ 鈴木亨詩集
- ㊲ 埋田昇二詩集
- ㊳ 川村慶子詩集
- ㊴ 新編大井康暢詩集
- ㊵ 米田栄作詩集
- ㊶ 池田瑛子詩集
- ㊷ 遠藤恒吉詩集
- ㊸ 五喜田正巳詩集
- ㊹ 森常治詩集
- ㊺ 和田英子詩集
- ㊻ 伊勢田史郎詩集
- ㊼ 鈴木満詩集
- ㊽ 曽根ヨシ詩集
- ㊾ 成田敦詩集
- ㊿ ワシオ・トシヒコ詩集
- 51 高田太郎詩集
- 52 大塚欽一詩集
- 53 香川紘子詩集
- 54 井元霧彦詩集
- 55 高橋次夫詩集
- 56 上手宰詩集
- 57 網谷厚子詩集
- 58 門田照子詩集
- 59 水野ひかる詩集
- 60 丸本明子詩集
- 61 村永美和子詩集
- 62 藤坂信子詩集
- 63 門林岩雄詩集
- 64 新編原民喜詩集
- 65 新編濱口國雄詩集
- 66 日塔聰詩集
- 67 武田弘子詩集
- 68 大石規子詩集
- 69 吉川仁詩集
- 70 尾世川正明詩集
- 71 岡隆夫詩集
- 72 野仲美弥子詩集
- 73 葛西洌詩集
- 74 只松千恵子詩集
- 75 鈴木哲雄詩集
- 76 桜井さざえ詩集
- 77 森野満之詩集
- 78 坂本つや子詩集
- 79 川原よしひさ詩集
- 80 前田新詩集
- 81 石黒忠詩集
- 82 壺阪輝代詩集
- 83 若山紀子詩集
- 84 香山雅代詩集
- 85 古田豊治詩集
- 86 福原恒雄詩集
- 87 黛元男詩集
- 88 山下静男詩集
- 89 赤松徳治詩集
- 90 梶原禮之詩集
- 91 前川幸雄詩集
- 92 なべくらますみ詩集
- 93 津金充詩集
- 94 中村泰三詩集
- 95 和田攻詩集
- 96 藤井雅人詩集
- 97 馬場晴世詩集
- 98 鈴木孝詩集
- 99 久宗睦子詩集
- 100 水野るり子詩集
- 101 岡三沙子詩集
- 102 星野元一詩集
- 103 清水茂詩集
- 104 山本美代子詩集
- 105 武西良和詩集
- 106 竹川弘太郎詩集
- 107 酒井力詩集
- 108 一色真理詩集
- 109 郷原宏詩集
- 110 永井ますみ詩集
- 111 阿部堅磐詩集
- 112 新編石原武詩集
- 113 長島三芳詩集
- 114 柏木恵美子詩集
- 115 近江正人詩集
- 116 名古きよえ詩集
- 117 新編石川逸子詩集
- 118 佐藤真里子詩集
- 119 河井洋詩集
- 120 戸井みちお詩集
- 121 金堀則夫詩集
- 122 三好豊一郎詩集
- 123 古屋久昭詩集
- 124 佐藤正子詩集
- 125 川端進詩集
- 126 桜井滋人詩集
- 127 葵生川玲詩集
- 128 今泉協子詩集
- 129 柳内やすこ詩集
- 130 新編甲田四郎詩集
- 131 大貫喜也詩集
- 132 今井文世詩集
- 133 中山直子詩集
- 134 林嗣夫詩集
- 135 柳生じゅん子詩集
- 136 原圭治詩集
- 137 森田進詩集
- 138 水崎野里子詩集
- 139 比留間美代子詩集
- 140 内藤喜美子詩集
- 141 小林登茂子詩集
- 142 万里小路譲詩集
- 143 稲木信夫詩集
- 144 清水榮一詩集
- 145 細野豊詩集
- 146 川中子義勝詩集
- 147 山岸哲夫詩集
- 148 天野英詩集
- 149 愛敬浩一詩集
- 150 山田清吉詩集
- 151 忍城春宣詩集
- 152 丹野文夫詩集
- 153 関口彰詩集
- 154 清水博司詩集
- 155 室井大和詩集
- 156 山口春樹詩集
- 157 佐川亜紀詩集
- 158 岸本嘉名男詩集
- 159 加藤千香子詩集
- 160 橋爪さち子詩集

◆定価1540円（税込）